毒蜜　謎の女

プロローグ

予想は当たった。

前を行く不倫カップルは、予想通りにラブホテル街に足を踏み入れた。渋谷の円山町である。

女探偵は、ほくそ笑んだ。

四月下旬のある夜だ。十時過ぎだった。女探偵はマークした男女を尾行しながら、妻子持ちの上司に惚れてしまった若いＯＬの生き方に危うさを感じていた。

四十男に魅せられた彼女は、まだ二十一歳だった。不倫相手が本気でＯＬを愛しているとは考えづらい。おそらく男は妻の体に飽き、部下のＯＬの瑞々しい柔肌を貪りたくなっただけなのだろう。

二十八歳の女探偵にも不倫体験があった。彼女は三年前まで、四谷署生活安全課少年係の警察官だった。

十六歳年上の刑事と道ならぬ恋に落ちたのは、五年前の春のことである。

二人は慎重に密会を重ねた。濃厚な交わりが終わるたびに、相手の男はきまって近いうちに妻と別れると誓った。

女探偵は、その言葉を信じた。しかし、いっこうに上司は離婚しようとしない。焦れた女探偵は相手の男の自宅に乗り込んで、彼の妻に事実を告げた。

不倫相手はひどく取り乱し、浮気を強く否定した。

それだけではなかった。上司は声を荒らげ、女探偵を家から追い出した。思ってもみない仕打ちだった。恋情は、たちまち萎んでしまった。自己嫌悪感だけが膨らんだ。女探偵は数日後に依願退職届を提出し、大手調査会社に転職した。与えられた仕事は調査員だった。

今夜の素行調査は会社の仕事ではなかった。

会社に内緒で個人的に引き受けたアルバイトである。依頼人はＯＬの母親だった。彼女は自分の娘が煽情的なランジェリーを隠し持っていることに気づき、わが子の素行が気になったのだ。

女探偵は一年数カ月前から、せっせとアルバイトに励んできた。独立資金をこっそり稼いでいるわけだ。勤め先の仕事はハードな割に、あまり給料はよくなかった。

女探偵は黒革のショルダーバッグから、暗視機能付きのビデオカメラを取り出した。暗がりでの高感度撮影が可能だった。しかも、コンパクトである。

調査会社はカモフラージュ型カメラ、デジタル一眼レフカメラ、望遠撮影ができる赤外線機能付きのスパイカメラなどを使って、不倫の証拠を押さえている。通常、依頼人には静止画像と動画が一緒に渡されることが多い。

不倫カップルが坂道の途中にある洒落たファッションホテルに足を向けた。

女探偵は暗がりに身を潜め、動画撮影を開始した。不倫カップルの横顔がくっきりと映っている。

後は簡単な調査報告書を作成すれば、十万円の報酬が手に入る。諸経費は別途に請求することになっていた。

調査に費した日数は、わずか二日だった。それも会社の仕事をこなしてから、数時間ずつ不倫カップルを尾行したにすぎない。悪くないサイドビジネスだろう。

カップルがホテルの中に消えた。

二人は烈しく求め合い、それから家路につくのだろう。依頼人の娘は、終電車に飛び乗るつもりなのではないか。

妻子持ちとは早く別れるべきだ。

女探偵はＯＬの初々しい顔を思い起こしながら、本気で忠告したくなった。

ビデオカメラをバッグにしまい、踵を返す。夜気は妙に生暖かかった。夜半には雨になるのだろうか。

女探偵はゆっくりと坂道を下りはじめた。

十数メートル歩いたとき、不意に後ろ首に尖鋭な痛みを覚えた。注射針のような物を突き立てられたようだ。

女探偵はうずくまって、首に刺さった物を引き抜こうとした。

そのとたん、激痛に見舞われた。一瞬、息が詰まった。どうやら針状の物には、返しがついているらしい。麻酔ダーツ弾の類を撃ち込まれたのか。

女探偵は、あたりを見回した。

動く人影は見当たらない。しかし、近くに誰かがいる気配は伝わってくる。職業柄、人に逆恨みされることもあった。

こんな暗い裏通りにいたら、さらに危険な目に遭うかもしれない。

女探偵は、ひとまず逃げる気になった。勢いよく立ち上がったとき、全身に痺れが走った。筋肉も引き攣れた。

それでも女探偵は歩きだした。

だが、いくらも進まないうちに目が霞みはじめた。頭の芯も重い。体の強張りは一段と強まっていた。どうなってしまうのか。

女探偵は戦慄に取り憑かれた。

救いを求めようとしたが、舌がうまく回らない。間もなく立っていられなくなった。女探偵は前屈みに倒れた。

弾みで、スカートの裾が乱れた。羞恥心よりも恐怖心のほうが強かった。

足腰に力が入らない。起き上がろうと試みたが、立てなかった。路面に片方の肘を打ちつけて呻いたとき、急に意識が混濁した。

それから、どれだけの時間が経過したのだろうか。

女探偵は悪寒に似た震えに襲われ、ふと我に返った。

素っ裸にさせられ、水風呂の中に浸けられていた。両膝を胸に抱え込むような形だった。

意識を失っている間に、身を穢されてしまったのか。

女探偵は慌てて自分の体を検べた。

穢された痕跡はなかった。傷つけられてもいない。女探偵はひと安心して、湯船の中で立ち上がった。

水の音が高く響く。飛沫も散った。

浴室は真っ暗だった。採光窓もない。どうやらマンションか、ホテルの一室に連れ込まれたようだ。

女探偵は、こわごわ浴槽から出た。

ちょうどそのとき、浴室のドアが開けられた。すぐ目の前に、黒いスポーツキャップを被(かぶ)った男が立っていた。黒ずくめだった。

電灯の光を背に受けている。

上背があり、肩幅も広い。年恰好(としかっこう)は判然としなかった。

「ここはどこ？　あんた、何者なのよっ」

女探偵は問いながら、本能的に後ずさった。

彼女は警察官時代に剣道と柔道の段位を取っていた。ただ、どちらも初段だった。大柄な男と互角に闘う自信はなかった。

背中が浴室の腰壁タイルに触れた。もはや逃げ場はない。

怯(おび)えで全身が小刻みに震えはじめた。目を凝(こ)らすと、男は右手に何か握りしめていた。それは、大ぶりの銀色のスパナだった。かなり重そうだ。

「何をする気なの？　わたしに、どんな恨(うら)みがあるのよっ」

女探偵は問いかけた。声は震えを帯びていた。

黒ずくめの男が無言で浴室に入ってきた。

「近づかないで！」

「…………」

「わたしをどうしようっていうのっ」

女探偵は喚いた。

返事はなかった。男がスパナを中段に構え、斜めに振り下ろす。

スパナは女探偵の額を砕いた。女探偵は凄まじい悲鳴を放ち、尻から洗い場に落ちた。

鮮血が目の中に流れ込む。

男が片膝をつき、女探偵の顎を上向かせた。

また、スパナが閃いた。女探偵は眉間を一撃された瞬間、何もわからなくなった。

翌朝、赤坂三丁目のビル街で女性の全裸死体が発見された。

その顔面は鈍器で無残に叩き潰され、両手首は切断されていた。切り落とされた両手は、どこにも見当たらなかった。

惨殺体はビルとビルの隙間に遺棄されていた。

発見したのは新聞配達中の二十一歳の男だった。すぐに一一〇番通報された。初動捜査では、被害者の身許は判明しなかった。犯人の絞り込みもできなかった。

14

翌日、所轄の赤坂署に捜査本部が設けられた。

第一章　女性写真家の行方

1

銃口を向けられた。

自宅マンションの玄関ドアを押し開けた瞬間だった。

多門剛は一瞬、身が竦んだ。だが、突きつけられたコルト・ディフェンダーには消音器が装着されていない。

ここで発砲するような真似はしないだろう。午後二時を回ったばかりだった。銃声が轟けば、マンションの入居者たちは事件に気づく。

「ちょっと上がらせてもらうぜ」

宅配便の配達員を装った三十一、二歳と思われる男が押し入ってきて、ドアを後ろ手に閉めた。どう見ても、堅気ではない。

「おい、部屋から出ろ！　こっちは女しか自分の塒に入れない主義なんだよ」

「余裕ぶっこいてるつもりか」

「誰に頼まれた？」

多門は訊いた。

「遠山さんが振り出した五千万円の預金小切手は、まだこの部屋にあるんだろう？」

「もうない。あの小切手は、惚れてる女にあげちまったよ」

「ふざけるな。そのまま、ゆっくり退がれっ」

侵入者が踵を擦り合わせて、器用に靴を脱いだ。

遠山というのは、パチンコのゴト師の元締めである。だいぶ前からパチンコはハイテク化され、台の後ろには電子制御の基盤が取り付けられている。

その基盤の中には、当たり判定など台の一切を操作するプログラムの書き込まれたＲＯＭがある。ゴト師はパチンコ店の従業員の目を盗んでＲＯＭを書き換え、不正に出玉の数を増やしていた。深夜に店内に忍び込むことも少なくない。

元倒産整理屋の遠山は十数人のゴト師を抱え、彼らを首都圏の大型パチンコ店に送り込んで荒稼ぎしていた。

三十六歳の多門は裏社会の始末屋である。言ってみれば、交渉人を兼ねた揉め事請負人だ。世の中には、表沙汰にはできない各種の揉め事が無数にある。多門は体を張って、さまざまなトラブルを解決していた。

渋谷の大型パチンコ店の経営者からゴト師グループの排除を依頼されたのは、ちょうど一週間前だった。

多門はゴト師集団に金で抱き込まれて協力していたパチンコ店の店長を締め上げ、ゴト師のひとりを誘き出させた。そのゴト師を痛めつけて、グループの元締めが遠山保であることを吐かせた。五十三歳の遠山は三人も愛人を囲っていた。それでいて、異常とも思えるほどの恐妻家だった。

多門は遠山に悪事と女性関係の弱みをちらつかせて、グループの解散を誓わせた。

その上、五千万円の口止め料をせしめた。むろん、依頼人からも一千万円の成功報酬を貰っていた。一粒で二度おいしい思いをしたわけだ。

「早く退がれっ」

男がコンパクトピストルを両手保持で構え、苛立たしげに吼えた。

多門は逆らわなかった。ダイニングキッチンまで後退する。スペースは八畳ほどだ。テーブルセットを置いてある。

代官山にある賃貸マンションだ。

間取りは1DKだった。奥の寝室は十畳の洋室である。部屋のほぼ中央に、特別誂えの長大なベッドを据えてあった。

多門は、他人が振り返るほどの巨漢だ。

身長百九十八センチ、体重九十一キロだった。羆を想わせる体型だが、バランスは取れている。手脚は長い。筋肉質で、骨太だ。

ことに、肩と胸の筋肉が発達している。アメリカンフットボールのプロテクターを装着したように逞しい。二の腕の筋肉は、ハムの塊の三倍近かった。太腿は平均的な女性の腰ほどの太さだった。

そんな体型から、多門には〝熊〟という綽名がついていた。〝暴れ熊〟と呼ぶ者もいる。

肌の色は黒く、体毛も濃い。手の甲は毛むくじゃらだった。

威圧的な体軀だが、顔は少しも厳つくない。やや面長の童顔で、どことなく愛嬌がある。笑うと、太い眉が極端に下がる。きっとした奥二重の両眼からは凄みが消え、引き締まった唇も緩む。

そうした面相が母性本能をくすぐるのか、多門は女性たちに好かれている。それだけでなく、弱い者に優しかった。粗野だが、憎めない無頼漢だ。

多門は無類の女好きだった。ベッドを共にしてくれる女友達は常に十数人はいた。

といっても、単なる好色漢ではない。多門は、すべての女性を観音さまのように崇めていた。老若や美醜は問わなかった。敬愛はポーズではなく、本気だった。

「預金小切手はどこにある？」

男が訊いた。

「もう預手はねえと言ったろうが！」

「いい度胸してるじゃねえか。あんた、昔、新宿の関東義誠会田上組の舎弟頭だったんだってな」

「それが何だってんだっ？」

「あんたが男稼業張ってたからって、おれはビビらねえぞ」

「どこの組員だ？」

「絶縁状回されちまったんだよ、神戸連合会系組織に足つけてたんだがな」

「はぐれ者か」

多門はテーブルセットの椅子にどっかと腰かけ、ロングピースをくわえた。

「あんた、おれを怒らせてえのかよ。あん？」

「おれを撃けるか？」

「早く小切手を出さねえと、あんたの頭（ペテン）を吹っ飛ばすぞ。立てよ、立ちやがれ！」

男が息巻いた。

多門は左目を眇（すが）めた。他人を侮蔑（ぶべつ）するときの癖だった。相手が一段と気色（けしき）ばみ、人差し指を引き金（トリガー）に深く絡（から）めた。

それでも多門は悠然と煙草（たばこ）を喫いつづけた。

荒っぽいことには馴（な）れていた。銃器も見馴れている。多門は二十代の半（なか）ばまで、陸上自衛隊第一空挺団のメンバーだった。

エリート自衛官の前途（ぜんと）を自ら閉ざしたのは、上官の妻との恋に溺（おぼ）れたせいだ。二人の関係は上官に知れ、諍（いさか）いになった。そのとき、多門はものの弾みで上官を半殺しの目に遭（あ）わせてしまったのだ。

彼は上官夫人と駆け落ちする気でいた。しかし、彼女は傷ついた夫のそばから離れようとしなかった。意想外の敗北だった。ショックは大きかった。

部隊に戻れなくなった多門は、なんとなく新宿に流れついた。

酒に酔った勢いで、田上組の組員たちと大立ち回りを演じた。それが縁で、田上組の盃（さかずき）を受けることになった。皮肉なことである。

柔道三段の多門は武闘派やくざとして、めきめきと頭角を現わした。二年数カ月後には舎弟頭に出世していた。それなりの役得があって、割に愉しかった。しかし、組から与えられたデートガールの管理という仕事は苦痛だった。

ほとんどのデートガールは割り切って、体を売っていた。組に自分たちの稼ぎの上前をはねられることも当然だと受け止めていた。田上組に護られているからこそ、彼女たちは安心して春をひさげる。

しかし、多門は立場の弱い女性たちを喰いものにしているという罪悪感にさいなまれつづけた。

やがて、耐えられなくなった。足を洗ったのは三十三歳のときだった。

組長は、多門を半ば客分扱いしていた。そのおかげで、多門はすんなりと組を脱けることができた。指を詰めさせられることはなかった。刺青も入れずに済んだ。

組を脱けて間もなく、多門は始末屋になった。別にＰＲをしたわけではなかったが、クチコミで仕事の依頼は切れ目なく舞い込んできた。

闇社会には、さまざまな欲望が渦巻いている。

欲と欲がぶつかり合えば、当然、摩擦が生じる。捨て身で生きている無法者たちは、決して他人に自分の弱みを見せない。弱点を晒したら、相手に喰われてしまうからだ。

アウトローたちのせめぎ合いは熾烈をきわめる。金のためなら、平気で恩人を裏切る者も多い。

それだけに、多門のビジネスには常に危険がつきまとう。

殺されそうになったことは数え切れない。極東マフィアや上海マフィアに命を狙われたこともあった。

命懸けの稼業なだけに、その成功報酬は悪くない。一件で二千万円の謝礼を貰えることもある。最近は年に一億円近く稼いでいるが、いつも貯えはない。

多門は浪費家だった。気に入った高級クラブがあれば、ホステスごと店を一晩借り切って陽気に騒ぐ。彼女たちが宝石やブランド物のスーツを欲しがれば、気前よく買い与える。

多門は、惚れた女性に物心の両面でとことん尽くすことを生き甲斐にしていた。

もともと惚れっぽい性質だった。気立てのいいセクシーな美女には、たちまち心を奪われる。気丈な女も嫌いではない。

おまけに多門は大酒飲みで、大食漢だった。

見栄っ張りでもあった。身に着けるものは一級品でなければ、気が済まない。しかも、服や靴はすべてオーダーメイドだった。

出来合いの衣服は小さすぎて、どれも着られない。靴のサイズも三十センチだった。既製品だと、どうしてもデザインや色が限られてしまう。

「小切手を早く出したほうがいいぜ」

男が銃口を多門のこめかみに押し当てた。

多門は薄笑いをして、短くなった煙草の火を揉み消した。

「おい、なめてんのか」

男が多門の青いパジャマの肩口を摑んだ。多門は数十分前までベッドの中にいた。

「黙ってねえで、なんとか言えよ」

「手を引っ込めな」

「え？」

「汚え手で、おれのパジャマに触るんじゃねえ」

多門は言うなり、男の鳩尾に肘打ちを浴びせた。肘が深く埋まる。

男が体をふらつかせた。拳銃は暴発しなかった。多門は椅子から立ち上がった。男の右手首を片手で捉え、椰子の実のような膝頭で股間を蹴る。

的は外さなかった。

男が唸りながら、床に頽れる。多門はコルト・ディフェンダーを奪い取り、男の胸板を蹴りつけた。肋骨が軋んだ。

相手は達磨のように後方に引っくり返って、後頭部を床に打ちつけた。鈍い音がした。

多門は銃口を男の眉間に押し当て、膝頭で腹を押さえた。手早く侵入者のポケットを探(さぐ)る。刃物は所持していなかった。

「さて、てめえをどうするか」

「撃(ハジ)かねえでくれ。おれは銭(ぜに)が欲しかっただけなんだ」

「遠山から、いくら貰えることになってた？」

「五十万だよ」

「ずいぶん安く請け負(う お)ったな」

「いまのおれにゃ、大金さ」

「遠山に言っとけ。妙な気を起こすと、丸裸にしちまうってな」

「…………」

男は口を開かなかった。黙殺され、憤(いきどお)りが膨らむ。

「返事が聞こえなかったぜ」

「こんなことになって、遠山さんの前に顔なんか出せねえよ」

「おめ、このおれさ、軽く見てんのけ？」

多門は故郷の岩手弁で声を張った。興奮すると、いつも方言が無意識に口から飛び出すのだ。

「なんだよ、急に田舎者（カッペ）みてえに」

「おれは岩手生まれなんだ。どごが悪い？　言ってみれ！」

「別に悪いとは言ってねえだろうがよ」

「おめえ、さっき薄笑いしたべ。田舎（いなか）育ちを笑ったら、おれは赦（ゆる）さねど。謝（あやま）るべし！」

「なんか子供みてえだな」

男が、せせら笑った。

「そうけ。おめが詫（わ）びさ入れる気ねえなら、おれも本気で怒るど！」

「好きにしろ」

「まんず強情な野郎だ」

多門は自動拳銃の安全装置を掛けると、銃把（グリップ）の角で男の額を強打した。

男が歯を剝（む）いて四肢（しし）を縮める。眉間の真上が裂け、真紅の鮮血が噴（ふ）きだした。

多門は、まだ怒りが収（おさ）まらなかった。

グリップの底で、男の鼻柱を叩き潰す。一瞬もためらわなかった。さらに前歯も数本叩き折る。

見る間に、男の顔面は血みどろになった。多門は、自分に敵意を示す男は徹底的にぶちのめす主義だった。

男は、ひとしきり転げ回った。

多門は椅子に腰かけ、男の苦しむ様を冷ややかに眺めつづけた。十分ほど過ぎると、男が上体を起こした。

「もう勘弁してくれねえか」

「いいだろう」

多門は標準語で言った。いつの間にか、激した感情は胸から去っていた。

「おとなしく引き揚げるから、拳銃を返してほしいんだ」

「こいつは貰っとく、迷惑料としてな」

「頼むから、返してくれよ」

男が血に染まった口許に手を当て、くぐもり声で訴えた。

「こいつが欲しけりゃ、腕ずくで奪るんだな」

「そ、そんな……」

「おれがさっき言ったこと、ちゃんと遠山に伝えろ。いいなっ」

「わかったよ」

「失せろ！」

多門は顎をしゃくった。男が観念して立ち上がり、玄関に足を向けた。

遠山から脅し取った額面五千万円の預金小切手は、まだ部屋の中にあった。多門は銃把から弾倉(マガジン)を引き抜いた。

実包は五発しか入っていなかった。フル装弾数は八発だ。いつか役に立つだろう。

多門は五発の実包を抜き、マガジンを銃把(グリップ)の中に戻した。椅子から立ち上がって、食器棚の引き出しの奥にコルト・ディフェンダーと五つの実弾を仕舞う。

それから多門は、キッチンペーパーで床の血糊(ちのり)を神経質に拭(ぬぐ)った。男の三本の前歯も拾い上げ、屑(くず)入れの中に投げ込んだ。

多門は洗顔を済ませ、コーヒーを淹(い)れた。インスタントではない。コーヒーメーカーを使って、本格的にコーヒーを沸かした。豆はブルーマウンテンだった。

多門は冷蔵庫を覗(のぞ)いた。
生ハムとサラダ菜が残っている。ストックボックスには、ツナの缶詰もあった。手早くサンドイッチをこしらえた。

多門は中堅私大を卒業した後、半年ほど板前の見習いをしたことがある。勤め先の料亭では雑用しかさせてもらえなかったが、上手に庖丁(ほうちょう)を使える。

先輩の料理人たちの庖丁捌(さば)きをよく見ていたからだ。鯛(たい)を三枚に下ろし、刺身にすることができる。鰻(うなぎ)や穴子(あなご)も捌ける。

裁縫も苦にならない。

多門は物心ついたころから、鍵っ子だった。看護師だった母は未婚のまま多門を産み、ずっと救急病院に勤めていた。ひとりっ子の多門は、自然に炊事や洗濯をこなせるようになっていた。気丈だったが、優しかった母はすでに故人だ。

多門はダイニングテーブルに向かった。

コーヒーを啜りながら、サンドイッチを頰張る。朝食と昼食を兼ねたブランチだった。

ちょうど食べ終えたとき、部屋の固定電話が鳴った。

多門は立ち上がり、奥の寝室に急いだ。電話機はナイトテーブルの上に置いてあった。ベッドに腰かけ、受話器を耳に当てる。

「おれだよ」

「なんでえ、杉さんか。スマホを鳴らしてくれれば、よかったのに」

「そうか、そうだったな」

杉浦将太が気まり悪げに笑った。やくざ時代からの知り合いだ。

杉浦は四十四歳で、プロの調査員である。二年前まで新宿署の刑事だった。杉浦は何年もの間、暴力団から金品をせびっていたことが発覚し、懲戒免職になったのだ。

いま現在は、新橋にある法律事務所で調査の仕事に携わっている。

身分は嘱託で、報酬は出来高払いだった。収入には、かなり波があるようだ。

多門は、よく杉浦に調査の仕事を回していた。人助けの真似事だった。杉浦は元悪徳刑事らしく、実に裏社会に精しい。そういう意味で、頼りになる相棒だ。

やくざ時代の多門は杉浦を嫌っていた。しかし、杉浦の隠された一面を知ってからは見方ががらりと変わった。

悪徳刑事は、ただの薄汚い〝たかり屋〟ではなかった。

交通事故で動けなくなってしまった愛妻の高額医療費を払うため、歌舞伎町の暴力団や風俗営業店に袖の下を要求していた。歪んだ形だが、犯行動機は夫婦愛だろう。当の本人はそのことを誰にも喋らなかった。たまたま多門の昔の弟分が杉浦を尾行し、そうした事情があったことを知ったのだ。

多門は、愛しい者のために進んで悪徳刑事になった杉浦の覚悟にある種の清々しさを覚えた。生き方が潔いではないか。それで、杉浦に積極的に近づくようになったのである。

素顔の杉浦は好人物だった。

口こそ悪いが、俠気はあった。弱者や敗者に注ぐ眼差しは常に温かい。他人の憂いや悲しみにも敏感だった。

「クマ、仕事はどうなんだ？」

「ここんところ、ちょっと暇だね。杉さんのほうは？」

「こっちも同じようなもんだな」

「そう」

「こんな時世だからか、去年から残忍な事件が頻発してる。きのうの朝も、赤坂のビル街で両手を切断された女の全裸死体が発見されたよな？」

「そういえば、そうだったね。テレビのニュースによると、被害者は顔面を鈍器で叩き潰されてたとか」

「ああ、そうだな。ひでえことをやるもんだ。先の見えない時代だから、誰も彼も苛ついてんだろう。凶悪犯罪は増える一方だ。悪い時代になったな」

杉浦が嘆いた。

「実際、いい世の中じゃないよ。政財界人やエリート官僚どもは、てめえらのことしか考えてねえ。国民は国民で愚痴るだけで、本気で世の中をよくしようと努力もしてないよね。死んだように生きてるだけだ」

「クマ、評論家みてえな物言いはやめな。そっちだって、銭と女のことしか頭にねえくせに」

「杉さん、ちょっと待ってくれ。おれは地球のエコロジーの問題で日夜、頭を……」

「似合わねえよ、そういうジョークは」

「だろうね」

多門は素直に認めた。

「なんか調査の仕事があったら、クマ、おれに回してくれねえか。女房の入院費の支払いを滞らせるわけにはいかないからな」

「その後、奥さんは？」

「相変わらず、おねんねしてるよ。亭主がせっせと見舞いに通ってるんだから、たまには愛想笑いの一つもしてくれてもいいと思うんだがな。実に不器用な女だぜ」

「杉さんのそういう屈折した言い方、おれ、嫌いじゃないよ。悪ぶってる分だけ、愛情が……」

「生意気言うんじゃねえや。それより、いい仕事を回してくれよな。それじゃ、また！」

杉浦が電話を切った。

多門は頬を緩め、受話器をフックに戻した。ダイニングキッチンに引き返し、マグカップにコーヒーを注ぎ足す。

2

部屋のインターフォンが鳴った。

ちょうどマグカップが空になったときだった。さきほどの男が助っ人を伴って、仕返しにきたのか。身構える。

多門はダイニングテーブルから離れ、抜き足で玄関に急いだ。

ドア・スコープに顔を寄せる。にわかに緊張が緩んだ。

来訪者は女友達のひとりだった。

八木友紀という名で、フリーのスタイリストだ。二十五歳だった。

友紀は一見、宝塚の男役のような容貌だが、その肉体は熟れていた。顔立ちも整っている。裏方にしておくのが惜しいような美人だ。モデルでも充分に通用するのではないだろうか。

多門はドアを開け、友紀を笑顔で迎えた。

「明け方、友紀ちゃんの夢を見たんだよ。おれたちは赤い糸で結ばれてるのかもしれないな」

「なら、結婚してくれる？」

「人生は長いんだ。そう生き急ぐことはないと思うがな」

「うまく逃げたわね。あら、体の具合でも悪いの？」

友紀がパジャマ姿の多門を見て、心配顔で問いかけてきた。

「そうじゃないんだ。昨夜ちょっと飲みすぎたんで、昼過ぎまで寝てたんだよ」

「そうだったの。ちょっといいかしら？」

「もちろんさ。遠慮なく入ってくれ」

多門は友紀を請じ入れた。友紀は茶系のパンツスーツに身を包んでいた。

二人はダイニングテーブルを挟んで向かい合った。

「コーヒー、淹れよう」

「ううん、結構よ。それより、ちょっと相談があるの」

「いくらあれば、いいのかな。百万？　それとも、二百万か？」

「お金を借りに来たわけじゃないの。友達の女性写真家のことで相談に乗ってもらいたいのよ」

友紀の表情は、いつになく暗かった。

「何があったんだ？」

「仕事仲間の森菜々というファッション写真家が三日前に忽然と姿をくらましたの。その日は青山のスタジオで朝からグラビアの撮影があったんだけど、彼女、姿を見せなかったのよ。それで、わたしと雑誌社の担当編集者が森さんの自宅マンションに行ってみたの。でも、そこにはいなかった」

「その友達、仕事は順調だったのか？」

「目下、注目されてるのよ。彼女はまだ二十六歳なんだけど、ファッション誌五誌にレギュラーの仕事を持ってるの」

「そいつは、たいしたもんだ。写真家の数は多いみたいだからな」

多門は言って、煙草に火を点けた。

「仕事のことで悩んでるふうではなかったから、プライベートで何かあったんだと思うわ」

「そうなのかな」

「わたし、森さんにはいろいろ世話になってるのよ。彼女が大きな仕事に何度も誘ってくれたんで、わたし、スタイリストでなんとか食べられるようになったの」

「いわば、恩人なんだ？」

「ええ、そうね。一つ年上なだけだけど、森さんは姐御肌だから、何かと面倒を見てくれてたの」

「そういう仕事仲間なら、心配だよな」

「ええ、とっても。それで、多門さんに失踪人捜しをお願いできないかなと思って、ここに来たの。お願い、力を貸して！」

友紀が縋るような眼差しを向けてきた。

「ちょっと待ってくれ。おれは探偵じゃないんだぜ」

「でも、損保会社になんか依頼されて、調査の仕事を請け負ってるんだったわよね？」

「うん、まあ」

多門は曖昧に答え、バナナのような太い指で煙草の灰をはたき落とした。女友達たちには、裏社会専門の始末屋であることは明かしていなかった。

「場合によっては、尾行や張り込みもするんでしょ？」

「ああ、時たまな」

「それなら、私立探偵みたいなものよね。きのう、森さんの身内が警察に捜索願を出したんだけど、わたし、じっとしていられなくなったのよ」

「わかった。友紀ちゃんの頼みじゃ、断れねえ。どこまで調べられるかわからないが、森菜々って写真家の行方を追ってみよう」

「ありがとう。これが森さんよ」

友紀がクラッチバッグから、一枚のカラー写真を抓み出した。

多門は写真を受け取った。森菜々は、見るからに勝ち気そうだった。目にやや険があるが、美人は美人だ。

「事務所を兼ねた自宅マンションは広尾にあるの。『広尾スカイコート』という賃貸マンションの三〇三号室よ」

「そうか。友紀ちゃんが編集者と一緒に女性写真家のマンションに行ったとき、部屋のドアはロックされてた?」

「ええ、ちゃんとロックされてたわ。でも、森さんが部屋の中で倒れてるんじゃないかとも考えて、マンションの管理を任されてる不動産屋の人にマスターキーでロックを解いてもらったの」

友紀が答えた。

そのとき、多門は指先に熱さを感じた。喫いさしのロングピースは、フィルターの近くまで灰になっていた。慌てて煙草の火を灰皿の底で揉み消す。

「火傷しなかった?」

「ああ、大丈夫だよ。それより、部屋の中の様子はどうだったんだい?」

「別に乱れてはいなかったわ。少なくとも、室内で人が争ったような痕跡はなかったの」

「そう。誰かに部屋から連れ出されたんじゃないようだな」

「ええ、それは考えにくいと思うわ。誰かに拉致(らち)されたんだとしたら、彼女は外出中に無理矢理に車の中に押し込まれたんでしょうね」

「森菜々に特定の彼氏は?」

「親密な関係の男性は、多分、いなかったと思う」

「女性は?」

「それは考えられないわ。森さんは、自分より年下の男が好みみたいなの。男は未知数、未完成のほうが新鮮でいいって、よく言ってたから」

「女性写真家はイケメンが好きなのかな?」

「そういう傾向はあったみたい」

友紀が複雑な笑い方をした。

「失踪人は、売れない男性モデルとでも付き合ってたんだろうか」

「森さんは仕事関係の男性たちを恋愛対象にしたくないって言ってたから、そういうことはないんじゃないかしら」

「そうか」

「考えられる相手というと、ボーイズバーのホストね」

「ボーイズバー？」

「ええ。昔からあるホストクラブのエコノミー版というのかな、店の男の子たちは二十代の前半で料金も安いの。それで、キャリアウーマンやOLたちが息抜きに通ってるみたいよ」

「友紀ちゃんも、そういう店に行ってんのか？」

多門は訊いた。

「ううん、ボーイズバーには一度も行ったことないわ。若い男の子たちには、わたし、まるで興味がないの。彼ら、がつがつしてるみたいだから、好きじゃないのよ。やっぱり、男は多門さんみたいに三十過ぎの大人じゃないとね」

「嬉しいこと言ってくれるな。友紀ちゃんに惚れ直したよ」

「いろんな女性に、同じようなことを言ってるんでしょ？」

「悲しいこと言わねえでくれよ。おれは寝ても醒めても、友紀ちゃんなんだぜ。きみのためだったら、なんだって……」

「あんまり無理すると、後で困ることになるわよ」

友紀が、いたずらっぽく笑った。

「くどいようだが、おれがぞっこんなのは友紀ちゃんだけなんだ。きみがゴルフボールぐらいでけえダイヤが欲しいって言えば、銀行か大型スーパーの現金輸送車を襲ってでもプレゼントするよ」

「嘘でも、そんなふうに言ってもらえると、なんか嬉しくなっちゃう」

「おれ、生まれてこの方、いっぺんだって女に嘘なんかついたことない。女性は存在するだけで尊く、男どもに生きる張りを与えてくれるからな。嘘をつくなんて、そんな罰当たりなことはできない」

多門は真顔で言った。単なる口説き文句ではなかった。本気で、そう考えていた。しかし、友紀は冗談と受け取ったようだ。

「多門さんが女性を大切に思っている気持ちは、よく伝わってくるわ。でも、そこまで言われると、リップサービスっぽいな」

「そんなふうに受け取られるのは、まだ献身の気持ちが足りないからなんだろうな」

「あら、そんなに悩まないで。それはそうと、話がだいぶ脱線しちゃったわね」

「そうだな。森菜々がボーイズバーに通ってるって話をしてたんだっけ?」

多門は確かめた。

「ええ、そう。森さんは数カ月前から、六本木の『アポロン』ってボーイズバーにちょくちょく行ってたみたいなの」

「誰かお目当てのホストがいたんだろうな」

「仕事仲間たちの話だと、トミーとかいうホストに入れ揚げてたらしいわ。ロレックスの腕時計やイタリア製のブランド物のスーツをプレゼントしてたって噂よ」

「期待の女性写真家といっても、森菜々はまだ二十六歳の若さだ。そう稼いでたわけじゃねえと思うがな」

「年収は一千万円ぐらいだと思うけど、経費が割にかかるから、実質的には手取り六百五十万円前後の収入なのかな」

「その程度の稼ぎじゃ、しょっちゅうお気に入りのホストに高価なプレゼントはできないだろう」

「そうでしょうね。これも噂なんだけど、森さんは消費者金融から五百万円ほど借りて、その返済に困ってたらしいの。もしかしたら、取り立て屋が彼女をどこかに監禁して、誰かに借金の返済を肩代わりさせる気なんじゃないのかしら」

友紀が言った。

「考えられないことじゃないな。消費者金融の社名は？」

「そこまではわからないの」

「森菜々の実家は、どこにあるんだい？」

「静岡県の藤枝市よ」

「そう」

「きのう、彼女のお母さんと電話で長話をしたんだけど、まるで思い当たるようなことはないとおっしゃってたわ。森さんが消費者金融に大きな借金をしてることも知らなかったの」

「そうなのか。とりあえず、女性写真家の自宅マンションに行ってみるよ」

「わたしも一緒に行くわ。きょうは仕事、オフなの」

「それじゃ、ちょっと待っててくれねえか。ざっとシャワーを浴びたいんだ」

多門は椅子から立ち上がった。

ほとんど同時に、寝室でスマートフォンが鳴った。多門は目顔(めがお)で友紀に断り、奥の部屋に移った。スマートフォンを手に取ると、チコの能天気な声が耳に届いた。

「あなたの恋人のチコでーす」

「気持ち悪いこと言うんじゃねえよ」

多門は舌打ちした。

チコは、新宿歌舞伎町の高級ニューハーフクラブ『孔雀(くじゃく)』の売れっ子だ。やくざ時代からの知り合いだった。まだ二十代の半ばだ。二十六歳だったか。

チコは元暴走族だが、性転換手術を受けて〝女〟になってしまった。化粧をしたら、まず男には見えない。人工的に膨(ふく)らませた乳房は歩くたびに、ゆさゆさと揺れる。人工女性外器の造りも精巧だった。

無駄毛は永久脱毛し、白い肌は陶器のように滑らかだ。

ただ、尖った喉仏だけは隠しようがない。そのため、チコはよくスカーフかベルト・チョーカーで首を飾っていた。ふだんは裏声を使っているが、路上で酔っ払いにからかわれたりすると、ドスの利いた地声で啖呵を浴びせたりする。その落差は笑いを誘う。

「クマさんは、いくつになってもやんちゃ坊主みたいでかわいいわ。あたし、好きよ」

「殺すぞ、てめえ！」

「あら、照れちゃって。かわいい！　撫で撫でして、アレをしゃぶってあげたくなっちゃうわ」

「チコ！　てめえ、何か勘違いしてんじゃねえのかっ」

「クマさんこそ、もっと素直になったら？　あたしたちは体で愛を確かめ合った仲じゃないの。あたしは、もう完全に女なんだから、誰もクマさんのことを変態扱いなんかしないわよ」

「おれは、おめえに強チンされただけじゃねえか」

「そんなこと言ってもいいの？　あたしが上になって腰を使ってやったら、クマさん、すごく感じてたじゃないのよ」

「冗談じゃねえ。イミテーションの女性自身なんかで、このおれが感じるわけねえだろうが！」

「でも、ちゃんと射精したじゃないの」

「漏(も)らしたのは小便だよ。小便だったんだ」

多門は、しどろもどろになった。実際は、チコの人工ヴァギナの中で果てていた。

同性にはまるで興味のない自分が思わず放ってしまったことが、いまも信じられない。それだけ人工女性外器は本物に似ていたのか。

それにしても、悪夢のような出来事だった。半年前の話だが、多門は愛する女性たちを悪党どもから救い出す際にチコに命懸けの協力を強(し)いたことがあった。そうした事情があったとはいえ、取り返しのつかない過(あやま)ちだ。あの忌(いま)わしい事実を消せるものなら、全財産を失ってもかまわない。

「お店に出る前に、クマさんの部屋に遊びに行こうと思ったの。急にクマさんの顔を見たくなっちゃったのよ。いいわよね？」

チコは週に二、三度、電話をかけてくる。たいてい暇潰(ひまつぶ)しだ。また、予告なしに自宅マンションに押しかけてくることもあった。

「おれは、これから出かけるんだ」

「ほんとに？」

チコが疑わしそうに言った。

「ああ。ちょっと調べてえことがあるんだよ」

「そんなの、後回しにして。あたしとベッドインしない？」

「おれに色目なんか使ったら、ほんとに半殺しにするぞ」

多門は一方的に電話を切った。寝室を出ると、友紀が甘く睨みつけてきた。

「こら、浮気してるでしょ！」

「浮気⁉」

「電話の相手、チコって女性なんでしょ？　多門さんは声が大きいから、聞こえちゃったの」

「チコってのは、ニューハーフだよ。昔っからの知り合いなんだ。冗談の好きな野郎で、まいっちゃうよ」

多門は言いくるめ、浴室に向かった。

熱めのシャワーを頭から被り、全身にボディーソープの泡を塗りたくる。泡を洗い落としたとき、裸の友紀が浴室に入ってきた。

白い裸身が眩い。豊満な乳房は張りがあった。ウエストのくびれが深く、腰の曲線も美しい。腿は、むっちりとしている。

「どうしたんだ？」

「森さんのことが気がかりだけど、多門さんがシャワーを浴びてる姿を想像したら、おかしな気分になってきちゃったの」

「おれも友紀ちゃんのヌードを拝んだら、妖しい気持ちになってきたよ。それにしても、女体は一級の芸術品だな。体の線がたおやかで、どこもかしこもチャーミングだ」

多門は友紀を抱き寄せ、巨身を丸めた。

友紀が多門を見上げ、軽く瞼を閉じた。形のいい唇は、こころもち開いている。

二人は顔を重ねた。

多門は友紀の唇を優しくついばんでから、舌を絡めた。強く吸いつけると、友紀は喉の奥を甘やかに鳴らした。くぐもった呻き声が煽情的だった。

ディープキスを交わしながら、二人は互いの体をまさぐり合った。

シンボルを握り込まれたとたん、多門の欲望は一気に猛った。

多門は二つの隆起を愛撫し、弾力性に富んだ白いヒップを揉んだ。

「多門さんのここ、脈打ってる」

友紀が顔をずらし、歌うように言った。

「早く潜り込みたくて、うずうずしてるんだよ」

「うふふ」

「友紀ちゃんのほうは、どうかな」

多門は秘めやかな場所を探った。

恥毛の底に潜んでいる陰核は、硬く張りつめていた。芯の部分は、こりこりに痼ってい る。真珠のような手触りだ。弾力もあった。

多門は合わせ目を下から捌いた。

指先は、たちまち熱い潤みに塗れた。濡れた指の腹を感じやすい突起に当てると、友紀は 切なげな吐息を洩らした。

「感じちゃうわ」

彼女は囁き声で言い、多門の昂まりに刺激を加えてきた。フィンガーテクニックは、そ れほど巧みではなかった。だが、情感が籠っていた。

多門は鋭敏な突起を中心に、心を込めて慈しみはじめた。五本の指をすべて駆使した愛 撫だった。

数分後、友紀は不意に極みに駆け昇った。

愉悦の唸りは長く尾を曳いた。体の震えはリズミカルだった。

多門は、しゃがみ込みそうになった友紀の裸身をしっかと支えた。友紀は、腕の中で震えつづけた。多門は友紀の髪の毛を撫で、額や上瞼に軽く唇を押し当てた。

余韻を全身で味わい尽くすと、友紀は多門の前にひざまずいた。

すぐに多門は含まれた。友紀が昂まりの先端に舌を熱心に這わせはじめた。

「女のベロは、まんず温くて気持ちいいな。ありがたいことでがんす」

多門は、思わず岩手弁で口走った。

友紀は胡桃に似た部分を揉みながら、盛んに舌を乱舞させた。多門は煽られ、口の中で野太く唸った。すると、友紀が急に顔を離した。それから彼女は浴槽の縁に両手を掛け、水蜜桃のような尻を後ろに突き出した。

多門は友紀の腰を抱え、穏やかに体を繋いだ。

その瞬間、友紀の背が反った。その動きが欲望をそそった。

多門は片手を乳房に回し、もう一方の手を陰核に伸ばした。両手を動かしながら、ダイナミックに腰を躍らせはじめる。

数分が流れたころ、友紀は二度目の極みに達した。

その瞬間、啜り泣くような声を発した。内腿には、漣に似た震えが走った。

多門は射精しそうになったが、なんとか抑制した。仕上げは、やはりベッドの上で行ないたかった。埋めた分身を引き抜き、洗い場のタイルの上に胡坐をかく。

多門は中腰になっている友紀を後ろ向きに抱き寄せ、項にそっとくちづけをした。耳朶も吸いつける。

「わたしだけ乱れちゃって、恥ずかしいわ」

友紀が前を向いたまま、細い声で言った。

「おれはベッドで、うーんと乱れるさ」

「わたし、体を洗わなくちゃ……」

「おれに洗わせてくれ」

多門はボディーソープのボトルを引き寄せた。

3

エンジンを始動させた。

メタリック・ブラウンのボルボＸＣ40だ。走行距離は、まだ一万キロに満たない。借金のカタに取られていたが、ようやく引き取ったのである。

多門は助手席の友紀を見た。

友紀はシートに深く凭れ、ぐったりとしている。烈しかった情事で、疲れ果ててしまったのだろう。もう午後五時を過ぎていた。

多門は友紀の体を洗い終えると、彼女を裸のままベッドに運んだ。

二人は肌を貪り合った。多門は友紀の体の隅々まで唇を這わせた。足の指も一本ずつ丁寧に舐めた。

むろん、友紀のはざまにも顔を埋めた。いつものように、口唇愛撫にはたっぷりと時間をかけた。女性を抱くときは、全身全霊で奉仕する。それが多門のセックス哲学だった。

友紀はクンニリングスを受けながら、二度立てつづけにエクスタシーを味わった。多門は友紀の胸の波動が熄んでから、改めて彼女の中に分け入った。

友紀の体は、しとどに濡れていた。

多門は欲望をコントロールしながら、ひたすら友紀の官能を煽りつづけた。

友紀は先に快楽の海に溺れた。多門は抽送を繰り返した。六、七度浅く突き、一気に深く沈む。むろん、腰に捻りも加えた。しばらくすると、またもや友紀は昇りつめそうになった。

多門はタイミングを計りながら、友紀と一緒にゴールに駆け込んだ。射精感は鋭かった。背筋を快感が走り抜け、脳天が白濁した。多門は後戯も忘れなかった。

やがて二人はベッドを離れた。部屋を出たのは三十数分後だった。

「森菜々のマンションには、おれひとりで行くよ。友紀ちゃん、高円寺のアパートでひと眠りしたほうがいい。車で送ろう」

地下駐車場で、多門は言った。

「わたしも森さんのマンションに行くわ」

「無理することはないって」

「大丈夫よ。感じすぎたんで、少し気だるいだけ。車を出して」

友紀が言った。

多門は押し切られ、ボルボを発進させた。マンションの地下駐車場を出ると、夕闇がうっすらと漂いはじめていた。

「明日の朝起きたら、全身の筋肉が痛くなりそうだわ」

「二週間ぶりに友紀ちゃんを抱けたんで、嬉しかったよ」

「あら、三週間ぶりのはずだけど」

「えっ、そうだったっけ？」

友紀が言った。

「わたしは、ちゃんと憶えてるわ」

「おれは大雑把（おおざっぱ）な人間だから……」

多門は笑いでごまかし、ボルボを明治（めいじ）通りに向けた。

山手線の跨線橋（こせんきょう）を越えたとき、友紀が口を開いた。

「ラジオ、点（つ）けてもいい？　もしかしたら、森さんのことがニュースに流れるかもしれないから」

「そうだな」

多門は相槌（あいづち）を打ち、ラジオの電源スイッチを入れた。もう十年以上も前に流行（はや）ったＪポップが流れてきた。

幾度か選局ボタンを押すと、ニュースを報じている局があった。中年男性アナウンサーが都内で起こった交通事故のことを喋（しゃべ）っていた。

それから、彼は少し間（ま）を取った。

「次のニュースです。きのうの早朝、港区赤坂三丁目で女性の全裸惨殺体が発見されましたが、きょうの正午過ぎに被害者の歯の治療痕から身許がわかりました。殺された永瀬麻理子（ながせまりこ）さん、二十八歳は大手調査会社『全日本リサーチセンター』の社員でした。そのほか詳しいことはわかっていません」

何時間か前に杉浦と電話で話題にした事件だった。アナウンサーがいったん言葉を切り、次に傷害事件を伝えはじめた。

多門たち二人はニュースに耳を傾けつづけた。だが、行方不明の女性写真家に関する詳報はついに報道されなかった。

ニュースが終わると、ショッピング情報が流れはじめた。

「もう結構よ」

友紀が言った。

多門は小さくうなずき、ラジオのスイッチを切った。いつの間にか、渋谷橋を通過していた。前方の左手が広尾だ。ボルボの速度を落とす。

「森さんのことがニュースになってないんで、少し安心したわ。こんなことは想像したくないけど、もし彼女が殺されてたり大怪我させられてたら、マスコミで報道されるでしょ？」

「ああ、それはな。ただ、死体や怪我人がすぐに発見されるとは限らない」

「多門さん、厭なことを言わないで！」

「無神経だったな。ごめん」

「ね、森さんは生きてるわよね？」

「殺されてはいないと思うよ。友紀ちゃんが言ってたように、消費者金融の人間に監禁されてるのかもしれないな」

「なんだか最近は、残忍な事件が多いわね。さっきニュースで言ってた被害者は鈍器で顔面を叩き潰されて、両手も切断されてたんじゃなかった？」

「そうだったな。女探偵を殺した奴は、それで被害者の身許が割れないだろうと考えたようだ。しかし、あまり頭のいい犯人じゃないな」

「なぜ、そう言えるの？」

友紀が問いかけてきた。

「顔を潰して両手を切断しても、歯の治療痕で簡単に身許がわかってしまう。大人で虫歯が一本もないって人間は珍しいからな」

「それで、犯人はあまり賢い人間じゃないと思ったわけね」

「そう」

多門は言いながら、車を左折させた。

「森さんのマンションに行く前に不動産屋に寄って、マスターキーを借りなくちゃね」

「その必要はないよ」

「えっ、どういうことなの!?」

「あまり大きな声じゃ言えないが、こっちは万能鍵を持ってるんだ。知り合いの錠前屋に頼んで、こっそり譲ってもらったんだよ」

「森さんの部屋に無断で入るのは、まずいんじゃない？　マンションの入居者に見られたら、空き巣と間違えられるかもしれないわよ」

「堂々としてりゃ、森菜々の身内か何かと思われるさ。それに部屋に無断で入るといっても、物盗りが目的じゃないんだ」

「そうだけど、なんとなく後ろめたいでしょ？」

友紀は気乗りしない様子だった。

「確かに感心できることじゃないよな。けど、面倒な手続きを踏むと、かえって怪しまれる。そうなったら、手がかりも得られなくなるだろう」

「そうでしょうね」

「まずいことになったら、おれが一切の責任を負うよ。友紀ちゃんに迷惑はかけないから、おれの動きやすい方法で調査させてくれないか」

「ええ、いいわ。それじゃ、森さんのマンションに直行しましょう」

「よし、話は決まりだ」

多門は友紀の道案内に従って、ボルボを進めた。

目的のマンションは広尾二丁目の外れにあった。八階建てで、外壁は薄茶の磁器タイル張りだった。

多門はマンションの前の路上に車を駐め、友紀とエントランスロビーに入った。

玄関はオートロック・システムではなかった。管理人の姿も見えない。出入りは自由だ。

多門はエレベーターに乗る前に集合郵便受けを覗いた。

森菜々のメールボックスには、信販会社からの督促状が何通か入っていた。菜々は消費者金融から借りた金の返済を滞らせているだけではなく、クレジットカードで買った衣服や靴の支払いも済ませていないらしい。

「森菜々は、トミーとかいうホストにだいぶ金を注ぎ込んでるようだな」

「そうみたいね」

「行こう」

二人はエレベーター乗り場に足を向けた。

ロビーには誰もいなかった。三階に上がる。エレベーターの函を出ると、友紀が先に廊下を歩きだした。多門は友紀の後に従いながら、黒いウールジャケットの内ポケットから特殊な万能鍵を取り出した。

耳掻き棒ほどの長さで、幅数ミリの金属板だ。先端部分に四つの溝が刻まれている。その反対側には、大きさの異なる突起が三つある。電子ロック式の錠以外なら、あらゆる種類のロックを外せる代物だった。

友紀が三〇三号室の前で足を止めた。

多門は後ろを振り返った。誰もいない。前方にも入居者の姿は見当たらなかった。

「なんか妙な気持ちだわ」

友紀が小声で言った。落ち着かない様子だ。

多門は黙って友紀の肩を軽く叩き、鍵穴に細長い万能鍵を差し込んだ。じきに金属の嚙み合う音が小さく響いた。

多門は手首をゆっくりと捻った。

ロックが解けた。多門は素早く万能鍵を引き抜き、ノブを手前に引いた。先に友紀を玄関に入らせ、自分も室内に忍び込む。玄関ホールは薄暗かった。友紀が手探りで、壁の電灯スイッチを入れた。

二人は靴を脱いだ。

間取りは１ＬＤＫだった。ＬＤＫ、寝室、洗面所の順に照明を灯した。

リビングには、ロータイプの洒落たソファセットが置かれている。コンパクトなダイニングテーブルも斬新なデザインだった。窓は、すべてカーテンで閉ざされていた。

「友紀ちゃんが編集者と一緒にここに来たときと、部屋の様子に変わりはない？」

「ええ、同じだと思うわ」

「そう」

多門は居間の中央にたたずみ、室内を見回した。ファクス付きの電話機を見ると、ファクス送信はなかった。留守録音の伝言は、まだ消去されていないかもしれない。

多門は電話台に近寄り、音声を再生してみた。

最初のメッセージには、男の凄み声が録音されていた。

――おい、居留守を使ってんだろうが！　利子だけでも払うって約束は、どうなってるんだよっ。あんまりおれたちを甘く見てると、後で悔やむことになるぞ。そのまま返済をずるずると遅らせる気なら、名古屋あたりの風俗店に売り飛ばすからな。

電話が乱暴に切られ、コンピューターで合成された声が受信の日時を告げた。四日前の伝言だった。

その数十分後に雑誌社から仕事の依頼の伝言が吹き込まれていた。

三本目のメッセージは、二日前に録音されたものだった。

――おれだよ、おれ。あんた、どういうつもりなんだっ。嘘ばかりつきやがって！　いつになったら、ＢＭＷの５シリーズを買ってくれるんだよ。え？　来月中に車を買ってくれなかったら、もう縁切りだぞ。もちろん、店にも来ないでくれよな。

若い男は一息にまくしたて、何か悪態をついて受話器を置いた。

録音されていたメッセージは、この三件だけだった。

「最初の伝言は、消費者金融の人からみたいだったわね」

友紀が言った。

「そうなんだろうな。社名を言ってくれてりゃ、手間が省けたんだがな」

「そうね。でも、部屋のどこかに消費者金融の借用証か督促状があるんじゃない？」

「ああ、多分な。最後に録音されてたのは、おそらく『アポロン』のトミーって奴の声だろう」

「だと思うわ。森さん、トミーってホストに高級外車までプレゼントする気だったのね。ホストにそれほどのめり込んでたなんて、なんだか信じられないわ」

「よっぽどトミーって野郎に惚れてたんだろうな。最初は遊びのつもりだったんだろうが、知らず知らずに本気になってた。世間にゃ、よくある話さ」

「でも、彼女は恋愛経験が豊富だったのよ。そんな森さんがホストに夢中になるなんて考えにくいわ」

「手分けして、手がかりになりそうな物を探し出そう。おれは奥を検べてみるよ」

多門は言って、寝室に入った。

十畳ほどの広さだった。壁に沿って、ベッド、ドレッサー、チェストが並んでいる。

反対側には、ミニコンポと書棚が置いてあった。クローゼットは造り付けだった。

多門は、まずナイトテーブルの引き出しを開けた。消費者金融会社『友愛ファイナンス』からの督促状の束が無造作に収めてあった。

最初に借り入れた金は三百万円だった。それが一年弱で、高利のために倍以上に負債額が膨れ上がっていた。当初の一カ月だけ利払いをしているが、その後は元利共に返済を滞らせたままだ。

安易な気持ちで消費者金融などで金を借りたりするから、こんなことになってしまう。愚かなことだ。多門は、一面識もない森菜々に同情と憐れみを同時に感じた。

女性写真家はトミーの歓心を買いたくて、借金をしてまで貢いでいたようだ。

しかし、お気に入りのホストは高級腕時計やブランド物のスーツだけでは満足しなかった。それで、菜々はＢＭＷをプレゼントすると約束してしまったのだろう。だが、ドイツ製の高級車を買い与える余裕などなかった。

そんなことで、菜々はトミーに詰られることになった。女心が哀しいではないか。

多門は溜息をついて、ドレッサーやチェストの引き出しを次々に開けた。だが、失踪に結びつきそうな物は何もなかった。

多門はクローゼットの扉を大きく開け、コートやジャケットのポケットを一つずつ探った。

しかし、これといった収穫は得られなかった。

　クローゼットの扉を閉めたとき、居間で友紀の短い悲鳴があがった。

　多門は寝室を飛び出した。

　友紀は二十五、六歳の柄の悪そうな男に右腕を捩じ上げられ、顔を歪めている。ソファセットの横だった。

　そのかたわらには、三十二、三歳の背の高い男が立っていた。男は背広姿で、きちんとネクタイを結んでいる。しかし、素っ堅気には見えない。

「てめえら、何者なんだっ。女性に手荒なことはするな」

　多門は男たちを交互に睨めつけた。すると、上背のある男が言葉を発した。

「われわれは『友愛ファイナンス』の者ですよ。あんたら、夜逃げ屋でしょ？」

「何を言ってやがるんだ!?」

「とぼけることはないじゃありませんか。借金で首が回らなくなった森菜々をどこに逃がしてやったんです？　居所を教えてくださいよ。彼女には、大金を貸してるんだ」

「おれたちも森菜々を捜してる。おい、手を放しやがれ。おれを怒らせると、大怪我するぜ」

　多門は、友紀の腕を捩じ上げた若い男に言った。

若い男は、せせら笑ったきりだった。多門は前に踏み出した。

もうひとりの背の高い男が懐から大型カッターナイフを摑み出し、押し出した刃を友紀の首筋に寄り添わせた。

友紀が身を竦ませ、目で救いを求めてきた。彼女に傷を負わせるわけにはいかない。とっさに多門は、夜逃げ屋を装うことにした。

「おれの負けだ。森菜々は横浜の方に逃がしてやったんだよ」

「やっぱり、そうだったか。横浜のどこに隠れてるんだ？」

カッターナイフを持った男が早口で訊いた。

「市内だよ」

「正確な居所を言え」

「手帳、持ってるか？」

「ああ」

「手帳に引っ越し先の住所を書いてやろう」

多門は言った。

罠だった。背の高い男は短くためらってから、ゆっくりと近づいてくる。カッターナイフを握りしめたままだ。多門は急かなかった。すぐにも相手を殴り倒したい衝動を抑えて、その場に突っ立っていた。

男が立ち止まり、カッターナイフを左手に持ち替えた。右手を上着の内ポケットに突っ込んだとき、多門は相手に足払いを掛けた。

上背のある男は呆気なく横倒しに転がった。

多門は膝で相手を固定し、カッターナイフを奪い取った。すぐに男の頬に刃先を当てる。

「彼女から離れろ！」

多門は、若いほうの男に命じた。男が震え声で虚勢を張った。

「この女の腕をへし折るぞ」

「ばがたれが！」

多門はカッターナイフを滑らせた。少しも、ためらわなかった。

上背のある男が獣じみた声をあげた。頬の肉が裂け、血の粒が盛り上がっている。赤い雫は条となって、顎の下まで滴り落ちた。

若い男は怯えた顔で、弾かれたように友紀から離れた。そのまま彼は自分だけ部屋から逃げていった。

「ちょっと洗面所に行っててくれないか。荒っぽいシーンは見せたくないんだよ」

多門は友紀に言った。

友紀がうなずき、洗面所に足を向けた。多門は、血糊でぬめったカッターナイフを男の頸動脈に当てた。

「森菜々の居所、ほんとに知らねえのかっ」

「し、知らない。だから、おたくの口を割らせようとしたんじゃないか」

「てめえらが菜々を拉致したんじゃないかと思ってたが、そうじゃねえらしいな」

「拉致なんかしてないよ。おたく、夜逃げ屋じゃないんだろう？」

「ああ。てめえら、だいぶ女写真家を脅したようだな」

「あの女が誠意を見せないんで、ちょっとね」

「それで、森菜々はビビって雲隠れする気になったのか」

「おそらく、そうなんだろうな。おたく、もしかしたら、同業者？」

「てめえらと一緒にするな。目障りだ。とっとと失せやがれ！」

多門は男から離れた。

男は立ち上がると、頬を押さえて玄関に向かった。多門はカッターナイフの柄の指紋をハンカチで拭ってから、近くの屑入れに投げ捨てた。

4

まだ開店前だった。

営業開始時間は午後七時半となっていた。

六本木にあるボーイズバー『アポロン』だ。飲食店ビルの五階にあった。

「どうする?」

友紀が囁き声で問いかけてきた。

多門は左手首のコルムに視線を落とした。七時十二分過ぎだった。多門は高級腕時計を幾つも持っている。その日の気分によって、腕時計を選んでいた。

「トミーって野郎は、もう店にいるかもしれないな」

「いきなり多門さんが店に入ったら、トミーってホスト、警戒するんじゃない? わたしが客になりすまして、それとなく探りを入れたほうがいいような気がするけど」

「そんな手間をかけることはないさ。友紀ちゃんはエレベーターホールで待っててくれねえか」

「いいわ。でも、相手に乱暴なことはしないでね」

友紀が体を反転させた。

多門は店のドアを手繰(たぐ)った。五人の若い男がボックスシートに思い思いに腰かけ、出前のラーメンを啜り込んでいた。揃(そろ)ってブランド物のスーツを着込み、薄化粧をしている。五人とも似かよったようなマスクだが、いずれも目鼻立ちは整っていた。

「ここは、ボーイズバーなんですよ。男性のお客さんおひとりでは入店できません」

濃い芥子(からし)色のスーツを着た男が箸を休めて、無愛想に言った。多門は口を開いた。

「トミーって奴は、どいつだ?」

「おたく、誰なんです?」

「いいから、質問に答えな」

「失礼な奴だな。何様のつもりなんだっ」

男が目を尖らせ、勢いよく立ち上がった。そのまま突き進んでくる。

多門は相手を引き寄せてから、丸太のような脚を躍(おど)らせた。

空気が大きく揺れた。

三十センチのイタリア製の靴の先が相手の腹に深く沈む。男は体をくの字に折りながら、三、四メートル後ろまで吹っ飛んだ。

ほかの四人の顔が一斉(いっせい)に引き攣(つ)った。ひとりが腰を浮かせる。

「み、店で暴れないでください」

「おめえが店長か？」

「は、はい」

「トミーにちょっと訊きてえことがあるんだよ」

「彼です、トミーは」

店長が床に倒れている男を指さした。

多門は、芥子色のスーツの男に歩み寄った。

「なんて名だ？」

「トミーだよ」

「本名を訊いてんだっ」

「川辺富也……」

「いくつだ？」

「二十二だけど」

「まだ尻が青いうちから、女性たちを喰いものにしてる心掛けがよくねえな」

「別に喰いものになんてしてないよ」

「指名客たちが進んで貢いでくれてるってか」

「おたく、何者なんです？」

川辺が言いながら、のろのろと立ち上がった。ネクタイが曲がっていた。

「森菜々のことを調べてるんだ」

「何を調べてるんです？」

「菜々の行方がわからないんだよ、三日前からな」

「ほんとですか!?」

「菜々にいろいろ貢いでもらったようだな。腕時計とかブランド物のスーツ、それからBMWもねだってたみてえじゃねえか」

「なんで知ってるんです!?」

「一昨日（おととい）、おめえは菜々のマンションに電話して、留守録にメッセージを入れただろうが」

「ああ、それでね」

「森菜々は消費者金融から銭を借りて、てめえに貢いでたんだ」

「嘘でしょ？　彼女、だいぶ稼いでるようなことを言ってたけどな」

「好きになった男の前ではカッコつけたかったんだろう。それなのに、てめえはBMWまでおねだりしやがって。女性にたかるなんて、男の屑（くず）だ。てめえら、みんな、どうしようもねえな」

多門は五人のホストに順に蔑みの眼差しを向けた。と、川辺が不服そうに言った。

「別におれ、BMWをねだったわけじゃない。彼女が自分のほうから、プレゼントしたいって言ったんだよ」

「てめえが物欲しげなことを言ったんだろうがよ！」

「特にそういうことは言ってません」

「BMWを買ってくれるって話は、いつ出たんだ？」

「一カ月ぐらい前だったかな。彼女、近いうちに少しまとまった金が入ると言ってたんですよ。でも、なかなか車を買ってくれなかったんで、ちょっと頭にきて、ああいうメッセージを入れちゃったんです。もちろん、本気で縁を切る気はなかったんですけどね」

「少しまとまった金が入ると言ってたって？」

多門は問い返した。

「ええ。一千五百万円ぐらいになる大きな仕事が入ったとか言ってたな。広告写真か何かなんじゃないですか。写真家はいいよな、何度かシャッターを押すだけで、大金を稼げるんだから」

「おめえだって、楽な仕事をしてるじゃねえか。客に調子のいいことを言って、毎晩、店に通わせてんだろ？　その上、金品を貢がせてるんだからな」

「この不景気に、それほど気前のいいお客さんなんかいませんよ」

「だから、森菜々から搾(しぼ)れるだけ搾ろうって考えたわけか」

「人聞きの悪いことを言わないでくださいよ。菜々さんは、おれのファンだったんです」

川辺が得意顔で言った。

「ファンだったと？　まるで芸能人気取りだな。ヒモ体質の野郎が偉そうなことを言うんじゃねえ」

「ヒモ体質か、まいったな」

「おめえ、まさか森菜々と喧嘩(けんか)でもして、女性写真家を殺(や)っちまったんじゃねえだろうな」

「おれがそんなことするわけないでしょ！　ＢＭＷ一台で人殺しをするほど馬鹿じゃありません」

「確かに車欲しさに殺人(コロシ)はやらねえか。けど、菜々はおめえにぞっこんだったんだろう？」

「ええ、それはね」

「なら、そっちとの結婚を望んでたんじゃねえのか。どうなんでえ？」

多門は、にやけたホストを見据えた。すると、川辺がおかしそうに笑った。

「彼女は、そんな純な女じゃありませんよ。おれとのことは、ちゃんと遊びと割り切ってたんでしょう。恋愛と結婚は切り離して考えるタイプだからね。それで、結婚相手は医者とか青年実業家に決めてるようでしたよ」

「その話、嘘じゃねえなっ」

「ほんとの話ですよ。彼女、リッチな男と結婚したら、コマーシャル写真の仕事は一切断って、世界の難民の写真を撮り歩くつもりだと言ってましたよ。もともと報道写真を撮りたかったとも言ってたな。でも、報道写真では喰えないんで、生活のためにファッション写真を撮ってるんだと……」

「森菜々は結婚を前提として、誰か金のある奴ともつき合ってたのか？」

「まだ、そういう相手はいなかったと思うな。三カ月ぐらい前に彼女、結婚情報サービス会社の特別会員になって、リッチなエリート男性と見合いしようかな、なんて真顔で言ってましたので」

「で、どこかの結婚紹介所に登録したのか？」

「そのあたりのことは、よくわかりません。その話はそれっきりで、後で話題になることはなかったんですよ」

「そうかい」

多門は、晩婚の時代と言われながらも結婚情報産業がそれなりに繁昌していることを知っていた。それだけ、男女の出会いの場が少なくなったのだろう。出会い系アプリは安全とは言えない。コロナ不況で、経済的な安定を求める傾向が強まったのか。

全国には、およそ三千社以上もの結婚情報サービス会社がある。

大手の年商は三、四十億円に及び、稼ぎ頭は百億円近い。各社とも三万から十万人の個人会員を抱え、それぞれ数十社の法人会員も登録済みだ。職場に独身社員が多い有力企業は、たいがい法人会員になっている。

しかし、このように恵まれた結婚情報サービス会社ばかりではない。

中堅や弱小業者はユニークな企画で懸命に会員を確保している。職業を医師、弁護士、公認会計士などに限ったお見合いパーティーを催したり、年収一千二百万円以上の商社マンや高級官僚だけに参加資格を与えたりして、それぞれが工夫を凝らしている。中には、白人男性だけを集めた結婚相談所もある。

「そろそろオープン時間になるんですが……」

店長が多門の顔を見ながら、おずおずと言った。

「それじゃ、退散してやろう」

「森さん、消費者金融の連中にでも連れ去られたんじゃないんですか？」

「最初はそう思ったんだが、どうもそうじゃないみたいなんだ」

「そうですか」

「おめえら、あんまり女性客から銭を吸い上げるなよ。あこぎなことをやりやがったら、てめえらのマラをちょん斬っちまうぞ」

多門はホストたちを脅し、蟹股で『アポロン』を出た。食べかけのラーメンは伸び切って、糊のようになってしまったにちがいない。

友紀はエレベーターホールの隅にたたずんでいた。

向かい合うと、多門は店での遣り取りをつぶさに話した。

「森さんが前々から報道写真を撮りたがってたのは事実よ。でも、富裕層の男性と結婚したがってたという話は初耳だわ」

「トミーって野郎、いいかげんなことを言ったのか」

「そうは思わないわ。だって、わざわざそんな作り話をしても意味ないでしょ？」

「確かにな」

「ちょっと意外な気がしたけど、トミーの話は嘘じゃないと思うわ」

「だとしたら、森菜々はどこかの結婚相談所の会員になってる可能性が高いな」

多門は言った。

「ええ、そうね。だけど、彼女のマンションの部屋には結婚相談所からの郵便物や会員証もなかったわ」

「そうだったな。それから、住所録の類もなかった」

「ええ」

「きみのほかに森菜々は誰かと親しくしてなかった？」

「仕事関係の人たちとは誰とも仲良くしてたけど、プライベートなつき合いをしてる人はいないんじゃないかしら？　彼女、私生活に踏み込まれることを嫌ってた節があったの。わたしも広尾のマンションに招かれたのは、たった一回だったわ」

友紀が淋しそうに笑った。

「トミーの話によると、菜々は一千五百万ぐらいになる仕事が入ったと言ってたらしいが……」

「その話は初めて聞くわ」

「ひょっとしたら、菜々が強請めいたことをしてたとも考えられるな」

「彼女に限って、そんなことは考えられないわ」

「『友愛ファイナンス』もトミーも菜々の失踪に絡んでないとなると、結婚相談所のことが少し気になるな。お見合いビジネス業者の中にゃ、あれこれ理由をつけて会員から銭だけふんだくってるとこがあるらしいからさ」

「そういう話は、わたしも週刊誌で読んだことがあるわ」

「もしかしたら、森菜々は結婚情報サービス会社と金銭的なトラブルでも起こしたのかもしれないな」

「それで、どこかに閉じ込められてる？」

「そうなのかもしれないぞ。もし失踪人がどこかの結婚相談所の会員になってたとしたら、おふくろさんぐらいには話しそうだな」

多門は呟いた。

「森さんの実家に電話してみる？」

「ああ、そうしてくれないか」

二人はエレベーターに乗り込んだ。飲食店ビルは、有名なダンスクラブのある通りに面していた。ボルボは路上に駐めてあった。

多門たちは飲食店ビルを出ると、ほどなくスウェーデン製の車に乗った。

助手席に坐った友紀は、すぐにスマートフォンを手に取った。多門はアイドリングさせながら、ロングピースに火を点けた。

友紀は、数分で通話を終わらせた。

「森さんのお母さん、結婚相談所のことは何も知らないって。それから、警察からは何も連絡がないって言ってたわ」

「学生時代の友人のことも訊いてたようだが……」

「何人かいるはずだけど、卒業後はつき合いが途切れてしまったとかで、旧友たちの連絡先はわからないそうよ」

「そう。森菜々は広尾のマンションのほかに、セカンドルームを借りてなかった？」

「断定はできないけど、自宅のほかには部屋は借りてなかったと思うわ。それだけ余裕があるんだったら、アシスタントを雇ってたはずだもの。森さんは重い器材を自分で車に積んだり下ろしたりしてたの」

「菜々は車を持ってたのかな？」

「ええ、イタリア製のフィアットに乗ってたの。そういえば、車はマンションの駐車場に置きっ放しにされてたんだったわ」

「広尾のマンションに戻ろう」

多門は喫いさしの煙草の火を揉み消し、シフトレバーをD（ドライブ）レンジに移した。友紀が慌（あわ）ててシートベルトを掛ける。

巨体の多門は、めったにシートベルトをしない。そのまま、車を発進させた。

『広尾スカイコート』に着いたのは数十分後だった。

ライトグレーのフィアットは、マンションの専用駐車場の隅に置かれている。

多門は空いているスペースにボルボを駐め、友紀と一緒に外に出た。さりげなく菜々の車に近寄り、周囲をうかがった。

誰かに見られている様子はなかった。

多門はジャケットの内ポケットから、ごく自然に万能鍵を取り出した。それで、車のドア・ロックを外す。

多門は巨躯(きょく)を縮め、狭い運転席に半身を入れた。ルームランプを灯(とも)す。

車内をざっと見回したが、手がかりになりそうな物は目に触れなかった。多門はグローブボックスの蓋(ふた)を開け、車検証を取り出した。

そのとき、弾みで助手席のフロアマットに白い紙切れが落ちた。よく見ると、名刺だった。

多門は名刺を抓(つま)み上げ、ルームランプに近づけた。昨日の朝、赤坂で惨殺体で発見された『全日本リサーチセンター』の調査員、永瀬麻理子の名刺だった。

女探偵の死と森菜々の失踪は、何か繋がりがあったのだろう。多門は、そう直感した。きっと菜々は、女探偵に何かを調査させていたにちがいない。推測通りなら、失踪人の行方は摑めそうだ。

多門は車内灯を消し、女探偵の名刺を上着のポケットに滑(すべ)り込ませた。

第二章　気になる接点

1

長くは待たされなかった。
五、六分後には、フロントガラスの向こうに杉浦の姿が見えた。
多門はカーラジオの電源スイッチを切った。ボルボＸＣ40は、新宿五丁目にある『全日本リサーチセンター』の本社ビルの斜め前に駐(と)めてあった。

昨夕、多門は友紀を高円寺のアパートに送り届けた後、相棒の元悪徳刑事に電話をかけた。ふと彼は、杉浦と警察学校で同期だった刑事が七、八年前に『全日本リサーチセンター』に転職したことを思い出したのだ。

杉浦に確かめたところ、記憶に間違いはなかった。

池袋署の刑事課を依願退職した福地康寛という男は、やはり『全日本リサーチセンター』で調査一班の班長を務めているそうだ。しかも、惨い殺され方をした永瀬麻理子は直属の部下だったらしい。

多門は杉浦に、福地と引き合わせてくれるよう段取りをつけてもらった。

こうして二人は、『全日本リサーチセンター』の本社前で落ち合うことになったわけだ。福地とは午後二時の約束だった。あと数分しかない。

多門はボルボを降りた。

杉浦が小走りに駆けてくる。逆三角形の顔で、目つきが鋭い。小柄で細身だった。

薄手の白っぽいタートルネックセーターの上に、格子柄のウールジャケットを羽織っている。灰色のスラックスの折り目は消えかけていた。

「杉さん、悪いね」

多門は先に言葉を発した。

「いいってことよ。それより、めかし込んでるじゃねえか。クマがきちんとネクタイ締めてる姿は久しぶりに見たぜ」

「一応、初対面の人間に会いに行くわけだからさ」

「スーツを着てたって、福やんにはクマの前歴は見抜かれちまうよ。無駄な努力をしたもんだ」

杉浦が二メートル近い多門を仰ぎ見て、憎まれ口をたたいた。

「かわいげのない父っつぁんだな」

「この野郎、年上の人間になんて口をききやがるんでえ。ところで、いくら出す？」

「杉さん、なんのことだい？」

「とぼけやがって、紹介料だよ。福やんから手がかりを引き出す気なんだろうが？」

「相変わらず、しっかりしてるな」

多門はグリーングレイの上着の内ポケットから万札の束を無造作に摑み出し、三枚の紙幣を杉浦に手渡した。めったに札入れを持つことはなかった。いつも多門は裸の札束を懐に突っ込んでいた。

「クマもセコくなりやがったな。たったの三万じゃ、愛人にろくな手土産も渡せないじゃねえか」

「まったく女っ気のない暮らしをしてるくせに、また見栄を張る。杉さん、誰か女を紹介してやろうか？」

「ノーサンキューだ。クマ、いつまでも女どもに甘い顔してると、また煮え湯を呑まされることになるぞ。これまで何度も、悪女に利用されてきたじゃねえか」

「友紀ちゃんは、おれを利用するような娘じゃないよ。実に気立てがいいんだ。その友紀ちゃんがいろいろ世話になったっていう女性写真家が行方不明なんだよ。ほっとくわけにはいかないじゃないか」

「お人好しもたいがいにしなって。さて、行くか」

杉浦が二つ折りにした三枚の万札を上着のポケットに突っ込み、目的のビルの表玄関に足を向けた。

多門は杉浦に倣った。『全日本リサーチセンター』の本社ビルの間口はあまり広くなかったが、九階建てだった。

杉浦が受付カウンターに歩み寄った。名乗って、来意を告げる。受付嬢がにこやかに応対し、クリーム色の社内電話機に腕を伸ばした。遣り取りは短かった。

「六階の応接ロビーでお待ちいただけますでしょうか」

受付嬢が言った。

杉浦が片手を挙げ、エレベーター乗り場に向かった。多門は杉浦に従った。

六階でエレベーターを降りると、左手に応接ロビーがあった。

モケット張りのソファセットが置かれ、その近くに観葉植物の大きな鉢が見える。ベンジャミンの葉は艶やかな光沢を放っていた。

多門は杉浦と並んでソファに腰かけた。

エレベーターホールの見える位置だった。ホールの真っ正面に、調査一班の部屋があった。

一分ほど過ぎたころ、その部屋から四十年配の小太りの男が現われた。額が禿げ上がり、眼光が鋭い。

「福地だよ」

杉浦が小声で言い、軽く手を振った。多門は立ち上がって会釈した。

自己紹介し合うと、二人はほぼ同時に椅子に腰かけた。福地は杉浦の正面に坐った。

「福やんには電話で、写真家の森菜々がこの会社の調査員の永瀬麻理子の名刺を持ってたことも話してある」

杉浦が多門に言って、ハイライトをくわえた。多門は福地に顔を向けた。

「四日前から行方のわからない森菜々は、こちらに何かの調査を依頼したと思われるんですが……」

「午前中に本年度の依頼人のリストを見てみたんですが、該当する名前は載ってなかったんですよ」

福地が気の毒そうに答えた。

「そうなんですか。女性写真家は、なぜ永瀬さんの名刺を持ってたんだろうか」

「二人はパブか居酒屋あたりで意気投合して、名刺を交換したんじゃないんですかね。そうじゃないとしたら、森という方は永瀬の個人的な客だったのかもしれません」

「個人的な客って、どういうことなんでしょう？」

「これは確証のある話ではないのですが、永瀬は会社に内緒でアルバイトをやってた節があるんですよ」

「つまり、こっそり私立探偵めいたことをしてた？」

「ええ、その通りです。永瀬は独立して探偵事務所を開きたがっていました。しかし、うちの会社の給料はそう高くありません。とても独立資金を貯めることなどできないでしょう。それに、体調がすぐれないとか言って、夜間の尾行や張り込みをよく外してくれないかと……」

「アルバイトの調査で、独立資金を貯めようとしてたのかもしれないな」

多門は呟き、ロングピースをパッケージから振り出した。煙草に火を点けたとき、杉浦が短い沈黙を突き破った。

「マスコミ報道によると、殺された永瀬麻理子は以前、四谷署の少年係だったらしいね」

「そうなんだ。おれが耳にした噂だと、永瀬は上司と不倫関係になって、依願退職に追い込まれたという話だったよ」

福地が、くだけた口調になった。

「男に幻滅してからは、女ひとりでずっと生きていく気になったんだろう」

「ああ、多分ね。だから、独立したかったんじゃないか」

「しかし、夢を実現させる前に殺されちまった。ツイてない女だな」

杉浦がそう言い、短くなった煙草をスタンド型の灰皿に投げ落とした。灰皿の中には、水が入っていた。火の消える音が響いた。

「赤坂署の捜査本部の動きは、どうなんですかね？」

多門は福地に問いかけた。

「捜査は難航しているようです。死因は司法解剖で外傷による失血死と断定されたんですが、永瀬が殺された現場もまだ割り出せてないようです。なにしろ犯行時と死体遺棄時の目撃者がひとりもいないという話ですんでね。下手をしたら、迷宮(オミヤ)入りということになるでしょう」

「永瀬さんは、なぜ殺されたんだと思われます？」

「会社での仕事は複数で調査に当たっていましたから、被調査関係者に彼女だけが恨まれることはなかったはずです」

「でしょうね。逆恨みされてたとしたら、アルバイトの調査のほうだろうな。それから、痴(ち)

情の縺れって線も考えられなくはないだろうか」

「いや、痴情の縺れではないでしょう。彼女に、浮いた話はありませんでしたんで」

福地が言った。

「それなら、個人的に引き受けてた調査で何かトラブルがあったんでしょう。たとえば、誰かのビッグスキャンダルを摑んだとか、悪事を嗅ぎ当てたとかね」

「わたしも、そんな気がしてるんですよ。具体的に思い当たるようなことがあるわけじゃないんですが……」

「永瀬さんは、どんな方法で個人的な依頼を受けてたんだろう？」

多門は中腰になって、喫いかけの煙草を灰皿の中に捨てた。ソファに坐り直したとき、杉浦が口を挟んだ。

「おおっぴらにバイトをするわけにはいかねえよな。知人から知人へとクチコミで少しずつ客層が拡がっていったんだろう」

「多分ね」

多門は短い返事をした。

「問題は、そういう客の中に姿をくらました森菜々がいるのかどうかだな」

「そうだね。永瀬麻理子の自宅に行けば、個人的に請け負った調査の依頼人のことがわかる

「かもしれない」

「新聞の記事に自宅の住所が載ってたんだが、思い出せねえな。福やん、教えてもらえるだろう？」

「そうくるだろうと思って、永瀬の自宅の住所をメモしといたよ」

福地が懐からメモを取り出し、杉浦に差し出した。杉浦はメモの文字をざっと見て、すぐに多門に寄越した。

永瀬麻理子のアパートは豊島区西巣鴨三丁目にあった。多門は折り畳んだ紙片を押しいただく恰好をしてから、上着の内ポケットに収めた。

「福やん、永瀬麻理子のアパートの部屋、まだ引き払われてないよな？」

「ああ。犯人が逮捕されるまで、部屋は借りつづけると田舎の親父さんが言ってたよ」

「田舎って、どこ？」

「群馬県の高崎市だよ。必要なら、実家の連絡先も教えようか」

「どうする、クマ？」

杉浦が訊いた。多門は福地に顔を向けた。

「遺族の話を聞く必要がありそうだったら、教えてもらいたいですね。それはそうと、永瀬さんの私物はまだ社内にあります？」

「あいにく、もう残ってないんですよ。ついさっき、荷造りして宅配便で群馬の実家に送ってしまったのでね」

「それは残念だな。順序が逆になりましたが、永瀬さんの葬儀は実家で執り行なわれることになってるんですか？」

「ええ、そう聞いています。司法解剖が済んだら、亡骸は実家に搬送されるそうですよ」

「そうですか。お仕事中に、申し訳ありませんでした。そのうち、一杯奢らせてください」

「そういうお気遣いは無用です。杉さんのお知り合いなんですから、協力は惜しみませんよ。ただ……」

福地が言い澱んだ。

「何です？」

「失踪人捜しは結構ですが、捜査当局を刺激するようなことは慎まれたほうがいいと思います。昔、刑事をやってたんでよくわかるのですが、警察は面子を潰した人間には容赦しませんからね」

「よく憶えておきましょう。ありがとうございました」

多門は礼を言って、かたわらの杉浦を目顔で促した。

二人は相前後して腰を上げ、エレベーター乗り場に足を向けた。福地は函の扉が閉まるまで、ホールにたたずんでいた。

「目つきはよくないけど、人は好さそうだね」

下降しはじめたケージの中で、多門は言った。

「わかってねえな、クマは。紹介者がおれだから、福地は協力的だったんじゃねえか」

「紹介料に色つけろって謎かけかな。わかった、どっかで鮨を喰おう」

「せっかくのお誘いだが、これから新橋の法律事務所に顔を出さなきゃならねえんだ」

「人情の機微を知ってる弁護士先生が、杉さんに臨時の調査を回してくれたようだね」

「多分、そうだろうな。しかし、どうせ手間のかかる調査じゃねえだろうから、いつでもクマを助けるよ」

杉浦が言った。

「また、手を借りることになるかもしれないな」

「いつでも声をかけてくれや。これから、永瀬麻理子のアパートに行くんだろう？」

「そうするつもりなんだ」

会話が途切れたとき、エレベーターのケージは一階に着いた。

二人はビルの前で別れた。杉浦は地下鉄駅の方に歩いていった。

多門はボルボに乗り込み、近くの靖国通りに出た。

新宿五丁目交差点を折れ、明治通りに入った。道なりに走れば、やがて西巣鴨に差しかかる。交通量は少なくなかったが、それでも目的地まで三十分はかからなかった。

永瀬麻理子が住んでいた『楓（かえで）ハイム』は、大正大学の裏手にあった。ごくありふれた軽量鉄骨造りのアパートだった。

多門は裏通りに車を駐め、アパートまで大股で歩いた。

麻理子の部屋は一〇二号室だった。階下の二番目の部屋である。

当然ながら、施錠されていた。多門は周りに人影がないことを目で確かめてから、万能鍵でロックを解いた。

素早く室内に入り、ドアを静かに閉める。1Kだった。

三畳ほどのキッチンがあり、小さな冷蔵庫や食器棚が置いてあった。トイレとバスはユニットになっているようだ。

多門は靴を脱ぎ、奥の居室（きょしつ）に入った。

六畳の和室だった。畳の上に灰色のカーペットが敷き詰められているが、ベッドは見当たらない。壁側に洋服簞笥（だんす）、素木（しらき）の一面鏡、カラーボックスが並んでいる。押入れの横には簡易型デスクがあり、パソコンが載っていた。

サッシ窓は花柄のカーテンで塞（ふさ）がれ、室内は薄暗かった。しかし、カーテンを払ったり、電灯を点けるわけにはいかない。

固定電話はなかった。女探偵はスマートフォンだけを使っていたようだ。警察が捜査に役立ちそうな物は持ち去っただろうが、一応、チェックしてみることにした。

多門は部屋の中をくまなく検べてみた。むろん、押入れの中まで覗き込んだ。

だが、森菜々との接点をうかがわせるような物は何も見つからなかった。また、女探偵が個人的な調査をしていることを裏付けるような証拠も得られなかった。

無駄骨を折っただけか。このまま引き揚げるのは癪だ。もう少し粘ってみる気になった。

多門は押入れの下段に首を突っ込み、二段重ねのプラスチックケースの中身をふたたび検べはじめた。

上段にはパジャマやシーツが入っていた。下の引き出しには、ランジェリーが詰まっている。引き出しの奥に生理用品の箱が入っていた。

念のために箱の底を探ってみると、指先に固い物が触れた。それは、ＵＳＢメモリーだった。わざわざ生理用品の箱の中に隠しておくというのは妙だ。

多門は簡易デスクに近寄り、パソコンの電源を入れた。ＵＳＢメモリーをセットし、登録されている文書をディスプレイに流してみた。パソコンの操作の仕方はチコに教わって間がなかった。キーの打ち込み方が、まだぎこちない。

百近い登録文書名が並んでいる。その中に、顧客名簿と思われるタイトルが幾つかあった。最後の〝夢の協力者〟をクリックすると、ディスプレイに調査の依頼人の氏名、調査内容、調査費用などが個人別に列記してあった。

多門はマウスを太い指で叩きつづけた。

森菜々の名は十数番目にディスプレイに映し出された。思わず多門は、指を打ち鳴らした。

調査依頼日は、およそ一カ月前になっていた。調査対象の項目には、二つの結婚情報サービス会社名が並んでいた。『シャイニング』と『ハッピーマリッジ』だ。

どちらも急成長中の会社で、雑誌広告や新聞の折り込み広告で派手な宣伝をしている。その種の広告にはまるで興味のない多門も、何度となく両社の広告を目にしていた。

これで、森菜々と永瀬麻理子の接点が明らかになった。女性写真家は、両社に会員登録していたと考えてもよさそうだ。

菜々は、惨殺された女探偵にいったい何を探らせていたのか。見合いパーティーで気に入ったエリート男性会員の私生活を調べさせていたのだろうか。それとも、独身男女の出会いを演出する会社の実態を暴きたかったのか。

どちらにしても、女探偵の永瀬麻理子は見てはならないものを見てしまったのだろう。

麻理子から調査報告を受けた菜々も、何か秘密か陰謀を知ったのかもしれない。そして、強請（ゆすり）を働く気になったのか。そうだったとしたら、彼女も闇に葬（ほうむ）られる可能性がある。

結婚相談所の内部に潜入して、何があったのか探ってみることにした。

多門はパソコンの電源を切って、ＵＳＢメモリーを引き抜いた。それを上着のポケットに収め、後片づけに取りかかった。

2

煤（すす）けたドアが細く開けられた。

大久保（おおくぼ）の路地裏にある古ぼけたアパートの一室だった。六十年配の金壺眼（かなつぼまなこ）の男が半分だけ顔を覗（のぞ）かせた。

「おっさん、変わりなかった？」

多門は部屋の主に笑いかけた。

「おう、あんただったか。久しぶりだね」

「そうだな。ちょいと身分証明書を作ってもらいたいんだ」

「お安いご用だ」

部屋の主は通称雄作（ゆうさく）という偽造文書のプロだった。パスポート、運転免許証、住民票、各種の身分証明書などを非合法に作成し、裏社会に生きる男女に喜ばれていた。

　雄作は大きな印章店の二代目社長だったのだが、三十代の半ばにギャンブルで身を持ち崩して、いまでは闇の偽造文書屋で糊口を凌いでいる。

「お邪魔するよ」

　多門は部屋に入った。

　玄関の踏み込みの横に小さな炊事台があり、水道の蛇口から水が滴っている。パッキンが擦り減っているのではないか。居室は六畳間だった。

　窓側に製図台に似た特殊な作業台があり、さまざまなスタンプ印やプリンターが載っている。ペン立ての中には、大小の筆やカッターナイフなどが乱雑に差し込んであった。

「座蒲団もないんだよ。尻が痛くなるだろうが、ま、坐ってくれないか」

　雄作が黄ばんだ畳を手で示した。

　多門は、毛羽立った畳に直に胡坐をかいた。雄作が茶の用意をしながら、低い声で問いかけてきた。

「麻薬取締官か何かに化けたいのかな？」

「そうじゃないんだ。国際線のパイロットになりすましたいんだよ。どこか航空会社の身分証明書を偽造してくれねえか」

「あいよ。どんな犯罪(ヤマ)を踏む気なの?」

「いや、悪さをするんじゃないんだ。パイロットに化けて、結婚相談所に入会しようと思ってんだよ」

「クマさん、いつから逆玉(ぎゃくたま)を狙うような男に成り下がった?」

「おっさん、勘違いすんなよ。別に金持ちの令嬢に接近して、婿養子になろうと思ってるわけじゃないんだ」

多門は苦笑し、上着の内ポケットから煙草とライターを取り出した。雄作が多門の前にアルミの灰皿と番茶を置き、自分も畳に尻を落とす。

「何が狙いなのかな?」

「会員になって、ちょっと調べてえことがあるんだ」

「ふうん。それ以上のことは言わなくてもいいよ。で、会社は日本航空にするかい? それとも、全日空のほうがいいのかな?」

「どっちでもいいよ。けど、できたら、実在のパイロットの名前を使ってほしいんだ」

多門はロングピースに火を点けた。

「押入れに大手企業の社員名簿がだいたい揃(そろ)ってる。もちろん、実在の人物の名前を拝借するつもりだよ。顔写真を持ってるんだったら、ついでに運転免許証も偽造してやってもいいがね」

「とりあえず、身分証明書だけを頼むよ」

「引き受けた。二、三十分待っててくれないか」

雄作は押入れから日本で最大の航空会社の社員名簿を取り出すと、作業台に向かった。

「おっさん、景気はどう？」

「二年半ぐらい前までは不法滞在の中国人ホステスたちが上客だったんだけど、最近は同胞の偽造屋たちのとこに行ってるようで、稼ぎはめっきり減ったな」

「そう」

「でも、日本人の自己破産者が他人名義の健康保険証や住民票を作ってくれって訪ねてくるようになったんだ。それから、金融機関や信販会社のブラックリストに載ってるような商店主や零細企業の経営者もね」

「銀行はどこも相変わらず貸し渋ってるし、クレジット会社もチェックが厳しくなったからな」

「そうらしいね。そういう連中は切羽詰まってるから、目が血走ってる。ちょっと怖くなるときもあるよ」

「なんかあったら、いつでもおれに言ってくれ」

多門は煙草の灰をはたき落とし、番茶を口に運んだ。香りはなく、白湯を呑んでいるようだった。

「偽造は自慢できることじゃないが、たまには人助けをしてるんだなと思えることがある。先月、無一文になったカード破産者のＯＬが危篤の母親にひと目会いたいんだが、郷里に帰る旅費がないと泣きついてきたんだよ。なんだか気の毒になってさ、その娘に職場で辛く当たってるという先輩ＯＬの保険証をこしらえてやって、消費者金融に行けって言ってやったんだ」

「おっさんも味なことをやるね」

「こっちも金では苦労させられたから、なんか他人事とは思えなくてな」

雄作が照れ臭そうに言い、作業に熱中しはじめた。猫背が一層、丸くなった。

多門は煙草の火を消し、作業が終わるのを黙って待った。

偽造身分証明書は、およそ二十分後にでき上がった。氏名欄には、早野良、三十五歳と記してあった。

「二枚目ふうの名前だな。ちょっと照れ臭え感じだね」

「あんたの本名のほうが二枚目っぽいよ」

「そうかな。おっさん、いくら置いていけばいい？」

「あんたには昔、世話になったから、これだけ貰っとこうか」

雄作が右手を前に突き出し、五本の指をいっぱいに開いた。

「五万だな?」

「ゼロが一つ多いよ」

「五千円でいいって!?」

「ほんとは只でもいいんだが……」

「危い仕事をさせて、五千円じゃ申し訳ない。おっさん、取っといてくれないか」

多門は五枚の万札を畳の上に置き、のっそりと立ち上がった。雄作が、しきりに恐縮している。

多門は短く謝意を表して、すぐに部屋を出た。

黒光りしている中廊下を歩き、玄関の三和土に降りた。イタリア製の靴を履き、ボルボを駐めてある通りに足を向けた。

『シャイニング』は、西新宿の高層ビルの中にある。先にそこを訪ね、入会の手続きをするつもりだ。多門は車に乗り込み、エンジンをかけた。そのとき、スマートフォンが着信音を奏ではじめた。急いで電話に出る。

発信者は、渋谷の百軒店にあるスタンドバー『紫乃』のママだった。名は留美と若々しいが、もう六十歳になったのではないか。正確な実年齢は教えてもらっていない。

「生きてたのね。クマちゃんが半月もお店に来ないんで、ちょっと心配になったのよ」

「ちょっとバタバタしてたんだ」

「この不況に、宝石なんか買う人もいるのね」

「銭は、あるところにはあるもんさ。まあまあ儲けさせてもらってるよ」

多門は、行きつけの酒場のママには訪問販売専門の宝石商と偽っていた。

留美は、死んだ母親にどことなく面差しが似ている。そんなことから、なんとなく『紫乃』は馴染みの一軒になったのだ。

「働いてばかりいないで、たまには息抜きしなさいよ」

「店に、若くてきれいな女の子が入ったのかな」

「なに言ってるの。美人ママのわたしがいるだけで充分でしょうが」

「ママが新劇の女優だったころは、きれいだったろうな」

「いまだって、容色はちっとも衰えてないと思うけど」

「自信過剰だよ、そこまで言うと」

「そうだね。冗談はともかく、たまには顔を見せてよ。クマちゃんのアブサン、うっすらと埃を被ってるわ」

「ママ、ボトルの埃ぐらい払っておきなよ。店は狭くて汚れてる、色気でも勝負できないってことになれば、さらに客が寄りつかなくなるだろう」

「いいの、いいの。うちは常連客を相手に、細く長く商売する気なんだから。それから、わたしの作った切り干し大根とひじきは人気があるのよ」

「それは認めるよ」

「クマちゃん、気が向いたら、今夜あたり寄って」

「そうするか。それじゃ、後で！」

多門は電話を切って、車を走らせはじめた。

百人町(ひゃくにんちょう)二丁目から北新宿を走り抜け、青梅(おうめ)街道を横切る。西新宿の高層ビル街を走り、十階建てのNKビルの広い地下駐車場に潜(もぐ)り込んだ。

国際線のパイロットに化けるのだから、それらしい喋り方をしなければならない。多門はネクタイの結び目の位置をルームミラーで確かめ、車を降りた。

五時を少し回っていた。広いエレベーターホールに急ぎ、最上階まで上がる。『シャイニング』の本社は、奥の一隅にあった。

マホガニーの重厚なドアを開けると、すぐ目の前に受付カウンターがあった。二人の若い受付嬢がにこやかに迎えてくれた。

「入会を希望している者ですが、すぐに会員になれるのでしょうか？」

多門はにこやかに訊いた。左側に坐った受付嬢が目でほほえみ、滑らかに言った。

「カウンセラーの面談をお受けいただければ、すぐにご入会できます」

「それでは、お願いします」

多門は頭を下げた。

応対した受付嬢がカウンターを離れ、案内に立った。多門はパーティションで仕切られたブースに導かれた。

「ただいま係のカウンセラーがまいりますので、少々お待ちください」

受付嬢が歩み去った。

多門は、なんとなく落ち着かなかった。これから自分が見合いの席に臨むような気持ちだった。待つほどもなく、四十五、六歳の痩せた女性が現われた。高価そうなスーツに身を包み、アクセサリーを光らせている。化粧も濃い。

「いらっしゃいませ。わたくし、カウンセラーの増田弘子と申します」

「早野、早野良といいます。どうかよろしくお願いします」

多門は立ち上がって、偽名を使った。

ほどなく二人は向かい合った。

「失礼ですが、この種の会員登録をされたことは？」

「一度もありません。今回が初めてです」

「そうですか。ご職業は？」

「パイロットです、国際線の」

「まあ、素敵なお仕事ではありませんか。会社はどちらですの？」

カウンセラーが問いかけてきた。多門は、国内最大の航空会社名を挙げた。

「まあ、素晴らしい！　あなたのような好条件の揃った方なら、これまでにたくさん縁談話がおありだったのではありませんか？」

「ええ、まあ。人並みに恋愛もしてきましたし、義理絡みの見合いも何度かしました。しかし、なかなか理想の女性に巡り逢えなくて……」

「どのような女性を望まれていますの？」

「第一に健康で、聡明な美人がいいですね。それでいながら、充分に色気がある。さらに料理が上手で、テニスや乗馬もできれば、文句なしです」

「つまり、何事にもパーフェクトな女性でなければということですね？」

「そういうことになるのか。高望みですかね？」

「いいえ、そんなことはございません。当社の会員になっていただければ、必ず理想にぴったりの女性会員をご紹介できると思います」

カウンセラーが自信ありげに言った。

「ぜひ、よろしくお願いします。それで、費用のことなんですが……」

「個人登録には幾つかのコースがあるのですが、入会金は平均三十五万円です。二年間に最低七十人以上の女性会員をご紹介させていただいています」

「そうですか」

「こちらで適合性の高い女性のプロフィールを次々に郵送させていただくだけではなく、月に二回ほど定期的にお見合いパーティーを開いていますの」

「参加は自由なんですね?」

「はい。男性会員のパーティー会費は、女性会員の約半額とお安くなっています。それから奥にあるコンピュータルームで、全女性会員の写真と個人情報を検索することも可能です。もちろん、検索は無料です」

「なかなか面白そうですね。入会させてもらいます」

「ありがとうございます。入会手続きをされる前に、一応、身分証明書をお見せいただくことになっているのです。よろしいかしら?」

「当然のことだと思います」

多門は笑顔で言って、雄作が作ってくれた偽造身分証明書を呈示した。

カウンセラーの増田が身分証明書を覗き込み、満足げにうなずく。それから彼女は、手早く偽造身分証明書のコピーを取った。

「国際線のパイロットをされている方に入会していただけるなんて、光栄なことでございます。早野さんが一番人気になることは間違いありませんね。特別会員の審査にも通るかもしれません」

「特別会員というのは？」

「お医者さまとか、弁護士をなさっている男性は女性会員の憧れの的ですの。そうしたエリート会員の方々の入会金は、不要なんですよ。一種の広告塔ですのでね」

「なるほど。そういうエリート男性会員がたくさん登録していれば、女性会員も増えるというわけですか」

「ええ、そうですね。わたくしたちの仕事もビジネスですから。少子化時代で二、三十代の男女が結婚に前向きではなくなっていますでしょ？　ですので、いちいち工夫しませんとね。話が逸れましたけど、早野さんでしたら、特別会員の審査にパスすると思います」

「自分はエリートなんかじゃありませんよ」

多門は言った。

「謙虚な方ですね」

「そうでもないんですが……」

「とりあえず、入会申込書にご記入いただけます？」

「はい」

「入会金が当社の銀行口座に振り込まれましたら、ただちに会員証をご自宅に送らせていただきます」

カウンセラーが入会申込書を拡げた。

多門は早野良の名を書き込み、自宅マンションの住所を書いた。数日中に、自分のネームプレートに早野の姓も書き添えるつもりだ。出身大学は超一流校にしておいた。

書類の質問事項は少なくなかった。勤務年数、年収、持ち家の有無、趣味、身長、体重、血液型、理想の異性像などを細かく書かされた。こうしたことには馴れていなかった。思いのほか手間取ってしまった。なんとなく後ろ暗い気持ちだった。

カウンセラーは入会申込書に目を通すと、にっこりと笑った。

「これで結構です。近々、お写真をこちらに郵送していただけます？」

「わかりました」

「銀行の口座番号はパンフレットに印刷されていますので、後でご覧になってください」

「はい」

「うちにお見えになられたのは広告をご覧になって、興味をお持ちになられたからでしょうか？」

「いいえ。こちらに会員登録されている知り合いの女性に勧められたんですよ」

多門は、もっともらしく言った。

「あら、どなたかしら？」

「写真家の森菜々さんです」

「森菜々さんですか。お顔とお名前が一致しないわ。なにしろ、一万数千人も女性会員がいるものですので。ところで、ちょっとリストをご覧になります？」

「ええ、そうですね」

「それでは、コンピュータルームにご案内いたしましょう」

カウンセラーが入会申込書を胸に抱え、先に腰を浮かせた。

多門も立ち上がって、増田弘子の後を追った。

奥のコンピュータルームには、二十台ほどのパソコンが並んでいた。会員らしき六人の若い女性がおのおののパソコンに向かって、男性会員の写真付きのプロフィールを熱心に眺めている。

彼女たちは充分に魅力的なのに、自分では結婚相手を見つけられないのか。それとも森菜々と同じように恋愛と結婚は別と考えて、打算でパートナーを探そうとしているのだろうか。

多門は六人の女性たちを順に見た。

急にカウンセラーが大声を張り上げた。

「皆さん、ちょっとこちらをご覧になって」

六人の女性が一斉に振り向いた。

「こちらの男性は、きょう入会された早野良さんとおっしゃるの。国際線のパイロットをなさっているのよ」

カウンセラーが言った。

多門は軽く頭を下げた。六人の女性の視線がまとわりついて離れない。驚きと羨望の入り混じった眼差しだった。

多門は何か疚しかった。自分が元やくざの始末屋と知ったら、彼女たちはどんなに失望するだろう。多門は、こころもち目を伏せた。それでも六人の視線をこめかみのあたりに感じる。逃げ出したい心境だった。

「世の中には、素敵な独身男性がたくさんいらっしゃるのよ。どなたも適当に妥協なんかなさらずに、あくまでも理想のパートナーをお見つけになってくださいね」

カウンセラーは女性たちを励まし、出入口に近いパソコンの前に坐った。ブラインドタッチで、キーボードに指を躍らせはじめた。

やがて、ディスプレイに森菜々の顔写真が映し出された。

「入会を勧めてくれたのは、その女性ですよ」

多門はカウンセラーの肩越しに画面を指さした。

「ああ、この方ね。思い出しました。この会員は、ちょっと癖のある女性なんですの」

「癖があるとおっしゃると？」

「この森さんはパートナー探しにとっても積極的で、男性の参加資格が年収一千五百万円以上というスーパーエグゼクティブ・パーティーには必ず出席されていました」

「彼女、何事にも積極的ですからね」

「パーティーにお出になることはいいのですけど、森さんは出席している男性会員を独り占めしたがって、ほかの女性会員が接近すると、すぐに邪魔をしてたんですよ。それで、女性会員の方たちには……」

カウンセラーが言葉を濁した。

「嫌われてたんですね？」

「ええ、まあ。それで会社の上司が彼女にそれとなく注意をしたら、逆に喰ってかかる始末でしたの」

「逆に喰ってかかったのですか」

「ええ、そうなんですよ。自分の理想のタイプはいっこうに紹介してくれないで、パーティー会費ばかり遣(つか)わされてるだなんて文句を言い出したんです」

「そんなことがあったんですか」

「あなたのお知り合いを悪く言いたくありませんけど、節度のない女性は殿方には好かれません」

「そのトラブルがあったのは、いつごろなんです？」

「もう一カ月以上も前ですね。あれ以来、彼女はパーティーに顔を出さなくなりました。さすがに恥ずかしくなったのでしょう」

「そうなのかもしれませんね。さて、そろそろ失礼します」

多門はカウンセラーの労を犒(ねぎら)って、コンピュータルームを出た。

森菜々はトラブルのことで『シャイニング』に腹を立て、女探偵の永瀬麻理子に会社の弱みを摑ませようとしたのか。まだ何とも言えない。

多門は二人の受付嬢に笑みを送り、『シャイニング』を後にした。

3

背後から声をかけられた。

若い女性の控え目な声だった。ＮＫビルの十階のエレベーターホールである。

多門は振り返った。

清楚な印象を与える二十三、四歳の美人が立っていた。コンピュータルームにいた六人の女性会員のひとりだ。

「お呼び止めして、ごめんなさい。わたし、望月雅代と申します」

「何か？」

「わたしの弟が航空大学校に通っているんです。あなたが国際線のパイロットをなさっているとカウンセラーの増田さんからうかがって、いろいろお話をお聞かせいただけないものかと思いまして。弟は国際線のパイロットをめざしているんです」

「そうですか」

「とても厚かましいお願いですが、一階のティールームで二、三十分、航空業界の話をうかがえませんか。弟に何かアドバイスしてあげられることがあると思うんです。いかがでしょう？」

「おつき合いしましょう」

多門は快諾した。望月雅代と名乗った女性会員から何か探り出せるかもしれないと考えたからだ。

「無理を言って、ごめんなさいね」

「いいえ、お気になさらないでください。これも何かのご縁でしょうから」

「そうおっしゃっていただけると、気持ちが楽になります」

雅代が安堵した顔つきになった。

そのとき、エレベーターの扉が開いた。二人はケージに乗り込み、一階まで下った。

一階のティールームは割に広く、テーブル席は半分も埋まっていなかった。道路側は嵌め殺しの窓になっていた。勤め帰りのサラリーマンやＯＬが黙々と新宿駅方向に歩いている。どの顔も無表情だった。一様にうつむき加減だ。

多門たちは窓際の席に落ち着き、ともにホットコーヒーを注文した。ウェイトレスが遠ざかると、雅代が興味深げに問いかけてきた。

「国際線のパイロットになるためには操縦テクニックだけではなく、語学にも力を入れなければならないのでしょうね」

「日常会話程度の英語ができれば、別に問題はありませんよ」

「そうなのですか。早野さんは、もう機長さんなんですか？」

「いいえ、まだ副操縦士です。技術的なことはマスターしてるんですが、飛行時間が足りないので……」

「いまは、どの路線をお飛びになっているのでしょう？」

「ロス行きの定期便に乗っています」

「いつも外国に行けて、いいですね」

「最初の飛行（フライト）のときは、わたしもそう思いました。しかし、二度目から感動はなくなりましたね。いまでは向こうに到着したら、会社指定のホテルに直行して寝るだけです」

「うふふ」

「わたしのことより、あなたのことをうかがいたいな」

多門は少し語調を変え、意図（いと）的に話題を逸（そ）らした。

雅代に航空業界のことを質問されつづけたら、いまに馬脚（ばきやく）をあらわすことになる。女性に嘘をついていることに、心の咎（とが）を感じずにはいられなかった。

「何からお話ししたら、いいのでしょう？」

「お仕事は？」

「仕事には就いていません。親許で花嫁修業の真似事をしています。二年前の春に女子大の仏文科を出たのですけど、就職できなかったの。二十数社の採用試験を受けたんですよ。でも、面接まで漕ぎつけたのは一社だけで、そこも不採用になってしまいました」

「大卒女子の就職は相変わらず厳しいようだからね」

「よっぽど強力なコネがあるか、何かスペシャリティーを身に付けていないと、有名企業に入ることは難しいと思います」

「そうかもしれないな」

「もともとキャリアウーマン志向はありませんでしたので、いっそ永久就職してしまおうと思って、『シャイニング』に入会したわけです」

「いつごろ？」

「もう一年半近く前です。でも、これと思う方と巡り逢えなくて、まだ売れ残っているんですよ」

雅代が明るく自嘲し、コップの水で喉を潤した。

ちょうどそのとき、コーヒーが運ばれてきた。話が中断する。多門は相手に断ってから、ロングピースをくわえた。

ウェイトレスが下がると、雅代がためらいがちに問いかけてきた。

「お砂糖、お入れしましょうか？」

「いや、結構です。いつもブラックで飲んでるので……」

「濃いコーヒーをミルクもお砂糖も入れないで飲むと、胃を悪くされますよ。あっ、ごめんなさい。初対面の男性に、押しつけがましいことを言ってしまって」

「少しも気にしてませんよ。あなたは心遣いが濃やかなんですね。いい意味で、良妻賢母タイプなんだろうな」

「わたし、これといった取柄がありませんので、早く結婚したいんです」

「あなたなら、見合いパーティーで引っ張り凧でしょう？」

「いいえ、とんでもない。壁の花ですよ、いつも」

「よっぽど理想が高いんでしょう」

多門は冗談めかして言い、熱いコーヒーを啜った。やや酸味が強い。

「そんなことはありません。わたし、男性の外見には少しも拘っていないんです。ただ、誠実な人柄で、経済力がある男性なら……」

「経済力があるとなると、医者、弁護士、公認会計士、ＩＴ企業家といった連中かな？」

「そういう方たちは社会的な地位があって、確かに高収入を得ていると思います。ですけど、あまり面白みのない職業ですよね？」

「そうですかね」

「わたしは、もっとロマンのある生き方をしている男性に関心があります。たとえば、音楽プロデューサーとかパイロットとか」

「パイロットの仕事といっても、コンピュータ任せだから、ロマンに満ちてるとは思えないけどな」

「わたしには、夢とロマンにあふれた職業に感じられます」

雅代が言葉に力を込めて言い、しなやかな白い指をコーヒーカップに伸ばした。

こういう結婚願望の強い女性を騙しつづけるのはよくない。偽のパイロットだと言ってしまおうか。すぐに思い留まる。その前に森菜々や『シャイニング』のことをあれこれ訊く必要があった。

多門は、煙草の火を揉み消した。

「早野さんは、どういった女性に魅かれるのでしょう？」

「特に好みのタイプがあるわけじゃないんですよ。どの女性も、それぞれ輝いた部分を持ってますので」

「なんだか優等生っぽいお答えですね」

「そう受け取られても仕方ありませんが、本心でそう考えています。ところで、あなたは女性会員の森菜々という写真家をご存じですか？」

「はい。お見合いパーティーの会場で何度か立ち話をしたことがあります。森さんとお知り合いなんですか？」

「ええ、ちょっとしたね。実は彼女に勧められて、『シャイニング』に入会する気になったんですよ」

「そうだったんですか」

雅代が困惑顔になった。

「カウンセラーの増田さんの話だと、森さんはちょっとした問題児だったようですね。なんでもパーティーでエリート男性会員たちを独り占めしたがったとか？」

「ええ、それは事実です。よくわかりませんけど、森さんは焦(あせ)ってたんだと思います」

「まだ彼女は二十六ですよ」

「年齢のことではなく、なかなかカップルになれないことに……」

「人気がなかったってことなのかな？」

「いいえ、そうではありません。人気のある男性会員とツーショット・トークをしたいと『シャイニング』に申し入れても、カウンセラーの方たちが希望者を交通整理して、なかなか相手と一対一で話すチャンスを与えてくれないのです」

「人気のある連中は社会的地位が高く、収入も多い男たちなんでしょうね」

「ええ。お医者さん、弁護士さん、大手商社マン、テレビ局のプロデューサーという方たちばかりです」

「そういう男たちはモテモテなんでしょうね」

「はい、そうですね。ですけど、希望した相手の男性と一対一で話ができる女性会員はとても少ないんです。ツーショット・トークで話が弾んでデートのセッティングをカウンセラーの方にお願いしても、たいてい競争相手が多すぎるからと段取りをつけてもらえません」

「それじゃ、三十何万円かの入会金を払った意味がないね」

多門はストレートに言った。

「そうなんですよ。それで女性会員たちはせっせとお見合いパーティーに出席して、お目当ての男性と親しくなるきっかけを摑もうとしているのですけど、なかなかうまくいきません」

「パーティー会費は、女性のほうが高いらしいですね？」

「ええ。女性の会費が八千円の場合、男性たちは半額なんです。エリート男性会員に絞ったパーティーですと、女性会員の会費は一万五千円とか二万円ということになります」

「そんなパーティーに毎回出席してたら、会費だけでも額が嵩みますね」

「ええ」

「エリート男性たちの多くは特別会員なんですか？」

「多分、そうなのでしょう。森さんは、会社がお金儲(もう)けに傾きすぎているのではないかと不満を洩らしていました」

「話を聞くと、そういう側面もありそうですね。意地の悪い見方をすれば、特別会員たちを客寄せにして女性会員を増やそうとしてるとも思える」

「森さんも、あなたと同じようなことを言っていました。それから、特別会員たちは『シャイニング』に雇われたサクラなんではないかとも……」

雅代が言いにくそうに言って、優美にコーヒーを口に含んだ。

いまの話は考えられないことではない。昔から、怪しげな商売にサクラは付きものだ。数年前に倒産した宝石チェーン店も、大勢の主婦をチェリーさんと称するサクラに仕立てて、一般客の購買欲をそそっていた。

多門はそこまで考え、一つの思いに突き当たった。

森菜々は『シャイニング』の汚い商売の仕方に腹を立て、女探偵の永瀬麻理子に特別会員たちの素姓を調べさせたのではないだろうか。その結果、特別会員たちがサクラであることが明らかになった。

女性写真家はそのことを恐喝材料にして、『シャイニング』に揺さぶりをかけたのではないのか。推測が間違っていなければ、菜々はせしめた金で借金を返済し、お気に入りのホストにBMWを買い与えるつもりだったのだろう。

しかし、彼女の企みは計画通りには事が運ばなかった。『シャイニング』は要求を呑む振りをして、菜々を拉致したのかもしれない。ただ、永瀬麻理子まで殺す必要はなかったのではないか。女探偵殺しには、『シャイニング』は関与していないのかもしれない。

さきほど貰ったパンフレットには、社長の顔写真入りの挨拶文が載っていた。確か当間誠一という名だった。四十六、七歳だろうか。

「初めてお目にかかった男性にこんな質問は慎みに欠けますけど、わたし、あまり魅力のない女なのでしょうか？」

雅代が唐突に言った。真面目な顔つきだった。

「とってもチャーミングですよ、あなたは」

「お世辞なんかじゃなくて、本当のことをおっしゃってください」

「本心から言ったんです」

「いまのお言葉、信じてもいいんですね？」

「もちろん！」

「それでしたら、あと一時間か二時間、わたしにおつき合いいただけませんか？　わたし、早野さんのことをもっと深く知りたいの。年下のわたしが生意気ですけど、よろしかったら、どこかレストランで食事でも……」

「悪いが、ちょっと急用を思い出したんだ。せっかくのお誘いですが、つき合えないんですよ」

多門は相手の勢いに気圧され、幾分、怯む気持ちになった。

無類の女好きだったが、邪まな欲情は湧いてこなかった。初心で一途な雅代を戯れの相手にしてしまったら、一生、後悔することになりそうだ。

もっと大人の女なら、すぐにも口説く。しかし、相手が悪すぎる。

「嫌われてしまいましたね」

雅代が肩を落とし、下唇をきつく噛んだ。いまにも泣きだしそうな表情だった。

多門は狼狽した。

女性の涙を見ると、どうしていいのかわからなくなってしまう。何か言わなければならない。頭の中で、必死で言葉を探した。しかし、この場にふさわしい台詞は思い浮かばなかった。

「恥ずかしいわ、死んでしまいたいくらいです」

「別に、あなたを嫌ってなんかいませんよ。むしろ、好感を持ちました」

「そんなふうに優しくしないでください。かえって、自分が惨めになりますので」

雅代が恨みがましく言い、大きな瞳をしばたたいた。次の瞬間、目尻から光る粒が零れた。

多門は途方に暮れた。

「お先にどうぞ」

雅代が下を向いたまま、涙声で言った。

「あなたは感受性が豊かなんだな。しかし、さっき言ったことは嘘ではありません」

「もういいんです。わたし、『シャイニング』を辞めます。早野さんと顔を合わせられないもの」

「何を言ってるんです。次のパーティーで、また会いましょう。そのとき、ゆっくりと話をしたいな」

多門は言った。すると、雅代が顔を輝かせた。

「ほんとに？」

「もちろんです。お見合いパーティーがフライトの日と重ならなければ、必ず出席します。ただ、きょうはどうしても都合がつかないんですよ」

「わかりました。きょうは、このまま帰ることにします」

「また、会いましょう」

「早野さん、お名刺をいただけないでしょうか?」

「あいにく切らしてしまったんだ。次にお目にかかるときにでも差し上げます」

「はい、ぜひ……」

「それでは出ましょう」

多門は卓上の伝票を掬(すく)い上げ、先に立ち上がった。雅代が腰を浮かせながら、早口で言った。

「わたしに払わせてください。こちらがお誘いしたのですから」

「二人分のコーヒー代を払っても、自己破産者にはならないでしょう」

多門は軽口をたたいて、キャッシャーに向かった。

二人はティールームの前で別れた。遠ざかる雅代の後ろ姿を見ながら、多門は額の汗を毛むくじゃらの手の甲で拭(ぬぐ)った。

成り行きから再会を約してしまったが、困ったことになった。パーティーの席で雅代に気を持たせたら、罪つくりだろう。雅代を追いかけて、彼女だけには自分が偽パイロットであることを打ち明けるべきか。

しかし、いまさら雅代をがっかりさせるわけにはいかない。できることなら、二度と彼女の前に姿を晒したくない気持ちだ。といって、このまま約束を反故にすることも卑怯な気がする。頭が痛い。どうしたものか。あれこれ考えた末、多門は結論を出した。

無責任だが、また成り行きに任せることに決めた。それにしても、パイロットに化けて、敬語で喋るのは疲れる。

多門は肩と首の筋肉をほぐしながら、階段で地下駐車場に下った。

ボルボに歩み寄りかけたとき、コンクリートの太い支柱の陰から見覚えのある中年女性が現われた。カウンセラーの増田弘子だった。

「ああ、よかった。早野さん、あなたを探していたんですよ」

「入会手続きに何か不備でも？」

「いいえ、そうではありません。少し前に社長の当間が出先から戻ってきましたので、あなたのことを話したんですよ」

「それで？」

「社長は国際線パイロットの方に入会していただけるのは名誉なことだし、企業のイメージアップになると申しましてね」

「自分は、ただの飛行機乗りですよ」

多門は面映ゆかった。

「本当に謙虚な方ですのね。当間がすぐにも早野さんにお会いしたいと申しまして、わたしに早野さんをお探しするようにと。もうこのビル内にはいらっしゃらないだろうと半ば諦めていただけに、あなたのお姿を見たときは嬉しくなりました」

「こっちは特別会員になれるような器じゃありませんよ」

「いいえ、あなたこそ、特別会員にふさわしいお方です。これから、当間に会ってやってもらえませんでしょうか？」

増田弘子が言った。

「困ったな」

「社長と会うだけでも、ぜひお願いします。こちらの条件がお気に召さないということでしたら、断っていただいてもかまいませんので」

「そういうことでしたら、お話をうかがってみましょうか」

多門はもったいぶって言ったが、『シャイニング』の社長に会う気になっていた。女性写真家の失踪に関わっているかどうか、探ってみたかったのだ。

「ありがとうございます。これで、社長に叱られずに済みます。それどころか、誉めてもらえるかもしれません。早野さん、さあ、まいりましょう」

痩せぎすの女性カウンセラーが揉み手をしながら、エレベーター乗り場に向かって歩きだした。

ボロを出さないようにしよう。多門は増田弘子と一緒にエレベーターに乗り込んだ。

弘子が十階のボタンを押し、にっと笑った。般若のような顔になった。

4

社長室は広かった。

しかし、趣味が悪い。イタリア製と思しき飾り棚には、ゴルフコンペの優勝カップが幾つも並んでいた。何かの感謝状まで壁に掲げてあった。

「あなたが早野さんですか」

両袖机に向かっていた四十六、七歳の男が愛想笑いをして、すっくと立ち上がった。

社長の当間だろう。パンフレットの写真よりも、少し老けて見える。仕立てのよさそうなスリーピースで身を包んでいる。色は茶系だった。

「早野です」

多門は軽く頭を下げた。

「社長の当間です。大柄な方なので、驚きました。並のレスラーよりも体格がいいんじゃありませんか？」

「大きいのは体ばかりで、脳は豆粒ほどでしてね」

「ご冗談を……」

当間社長が高笑いをした。増田弘子に促(うなが)され、多門は総革張りの黒いソファに坐った。当間が向かい合う位置に腰かける。

瘦身(そうしん)の女性カウンセラーは目礼し、静かに社長室から出ていった。

「増田がすでにお願いしたと思いますが、ぜひとも『シャイニング』の特別会員になっていただきたいんですよ」

当間が切り出した。

「さきほど増田さんにも申し上げたのですが、こちらには荷が重すぎます」

「こう言ってはなんですが、特別会員といいましても、やっていただくことはたいしたことじゃないんですよ。うちの定期パーティーにできるだけ多く出席してもらって、たくさんの女性会員と会話をしていただければ結構なんです」

「しかし」

「ご存じかどうか、この業界も競争が烈(はげ)しいんですよ。エリートの男性たちを大勢抱えていないと、女性会員の数が増えません。医者や弁護士は数人ずつ特別会員になってもらっていますが、国際線のパイロットの方はひとりもいません。そんなわけですので、何が何でも早野さんと永いおつき合いをさせていただきたいんですよ」

「ストレートに言ってしまいますが、特別会員というのは客寄せパンダなんでしょう？」

「身も蓋もないおっしゃり方をなさる」

「どうなんです？」

多門はコントラバスのような声で言って、当間を見据えた。

「どんな商売もセールスポイントは必要です。特別会員の方たちは、いわばイメージ・キャラクターですよ」

「言葉を飾らなければ、一種のサクラなんでしょう？」

「これは手厳しいお方だな。そういう要素がまったくないとは言いませんが、大半の特別会員は真面目に結婚相手を探そうとしています。ただ、どなたもエグゼクティブですので、なかなか釣り合いの取れる女性会員がおりませんでね」

「特別会員の中には、妻帯者もいるんじゃないですか？」

「そういうことは絶対にありません」

当間が言下に否定した。

しかし、動揺の色は隠せなかった。多門は、あえて追及はしないことにした。

「失礼なことを言ってしまいました。謝ります」

「気になさらないでほしいな。それより、あなたの条件をお聞かせください。表向きは特別会員の方にも少しばかり入会金を納めてもらうことになっていますが、もちろん、お金はいただきません。逆にこちらから、それ相当の謝礼を差し上げています」

「こちらも金は嫌いじゃありません」

「話のわかる方で助かります。それで、そちらのご希望額は？」

「一年契約で一千万はいただきたいですね」

「破格のギャラですな」

当間が駆け引きに入った。

「いまの条件を呑んでいただけないなら、話はなかったことにしましょう」

「あなた、やりますなあ」

「ご返事を？」

「いいでしょう。一千万円出しますよ」

「実は、もう一つ条件があります」

「何でしょう？」

「わたしは給与生活者ですので、特別会員になるという契約書や誓約書の類に署名捺印はできません。一千万円貰って、会社をクビになったら、ばからしいですからね」

「二十一人の特別会員の方たちには、すべて誓約書を認めていただいたのだが……」

「折り合っていただけないようでしたら、帰りましょう」

多門は少し腰を浮かせた。

「ま、待ってください。あなたの条件を全面的に呑みますよ」

「それでは、一千万円の小切手をいただきましょうか」

「えっ、いまですか⁉ それに、全額を先払いというのもちょっとね。あなたとは、きょう初めてお目にかかったばかりですので」

「自分を信用していただけないようなら、話は白紙に戻しましょう」

「別段、あなたを疑ったわけではありません。もう少しお互いに気心がわかってからと思っただけなんですよ」

「何十人かの社員を使ってらっしゃるあなたに、人を見る目がないなら、この話には乗れません。サイドワークのことを会社にリークされないという保証はないからな」

「そんなこと、絶対にしません。リークしたら、うちの会社もイメージが悪くなります。それより、こちらにも幾つか条件があります」

「どんな条件なんです？」

「月に最低二回はパーティーに出席していただきたいですね。それから会場に好みの女性がいても、決して口説(くど)かないように。親しくなった女性会員と途中でエスケープすることも厳禁です。いかがです？」

「楽しみが少ないが、まあ、いいでしょう」

「これで、話は決まりましたね。いま、預金小切手を用意しましょう」

当間が立ち上がって、執務机に歩み寄った。

思いがけないことで、小遣いを稼げた。多門は脚を組んで紫煙をくゆらせはじめた。

三口ほど喫ったとき、当間がソファセットに戻ってきた。多門は預金小切手を受け取り、額面を確かめた。間違いなく一千万円と打たれ、社長印も捺(お)されている。

「そんなことはないでしょうが、口約束だからって、契約の不履行(ふりこう)はなさらないようにお願いしますよ」

「もし小切手だけいただいて、ドロンしたら？」

「そのときは、ちょっと血の気の多い連中を差し向けることになるでしょうね」

「社長は、組関係の人間ともつき合いがあるのか。まさかこの会社、どこかの組の企業舎弟(フロント)じゃないでしょうね？」

「違いますよ。その筋にゴルフ仲間がいるだけです」

「それを聞いて安心しました。図体はでかいんですが、気が小さいんですよ」

「ご冗談ばっかり！　早野さんこそ、凄みがありますよ。失礼ながら、ここに入ってこられたとき、一瞬、男稼業を張ってる方なんじゃないかと思ったくらいです」

「パイロットには見えなかったのですか」

「ええ、まあ。しかし、カウンセラーの増田が早野さんの身分証明書をちゃんと確認したそうだから、正真正銘のパイロットなんでしょう」

当間が言って、葉巻をくわえた。多門は小切手を懐に収めた。

「そうそう、早野さんはうちの会員の森菜々さんの勧めで、こちらにいらしたそうですね？」

「ええ。しかし、彼女はあまり評判がよくないみたいだな。増田さんから、見合いパーティーで森さんがエリート男性会員を独り占めしたがってたという話を聞きました」

「そうなんですよ。あのう、森さんとはどういったお知り合いなんでしょう？」

当間が探りを入れてきた。

「たまたま二人とも同じスナックに通ってて、顔見知りになったんですよ」

「それなら、悪口を言わせてもらいましょう。森さんは自己中心的な方で、いつもパーティーの雰囲気をぶち壊してたんです。そのことで会社の者が注意を与えたら、それきり顔を見せなくなりました。こちらは厄病神が遠ざかってくれたので、ほっとしています」

多門は鎌をかけた。

「森さんが行方不明になってるって話はご存じないだろうな」

「ええ、馴染みのスナックで耳にした噂ですがね」

「写真家だから、海外取材にでも出かけたんじゃないんですか」

「写真家が行方不明ですって!?」

当間社長の表情に変化はない。

「そうなら、海外取材のことを馴染みの酒場で得意顔で喋りそうだな。森さんは、そういうタイプですので」

「ええ、確かにね。ところで、早野さんはブロンド娘はお嫌いですか?」

「女性は三度の飯よりも好きです」

「それなら、今夜、グラマラスなヤンキーガールを一緒に抱きませんか?」

「一緒に?」

多門は訊き返した。

「ええ、そうです。一対一のセックスなんて面白みがないでしょう? 3Pを娯しみましょうよ」

「お互いの弱みを晒して、保険を掛け合おうってことか」

「そ、そんな企みはありませんよ。最近、わたし、変態プレイに凝ってるんです」

当間が、うろたえ気味に言った。どうやら図星だったらしい。なかなか抜け目のない男だ。

「こっちは、その種のプレイには興味ないな」

「エキサイティングですよ、ちょっとアブノーマルなセックスは」

「ほかの誰かを誘ってください」

「残念だな。それなら、クラブで軽く飲みましょう」

「申し訳ありません。ちょっと先約があるんですよ。きょうは、これで失礼します」

多門は立ち上がって、社長室を出た。後ろで当間社長が何か言ったが、足は止めなかった。

エレベーターで地下駐車場に降り、ボルボに乗り込む。

少し張り込んで、どこかで当間を痛めつけるか。それとも、先に『ハッピーマリッジ』の入会手続きを済ませるべきか。

多門は迷った。すぐに後者を選び、車をスタートさせる。

スロープを登りはじめたとき、多門は後ろの黒いセレナが気になった。ステアリングを握っているのはカウンセラーの増田弘子だった。

当間社長にこちらの身許をもっとしっかり確認しろと言われたのだろう。

多門はＮＫビルの地下駐車場を出ると、ボルボを新宿中央公園方向に走らせはじめた。

セレナは三十メートルほどの車間距離を保ちながら、執拗(しつよう)に追尾(ついび)してくる。多門は尾行されていることに気づかない振りをしながら、甲州(こうしゅう)街道に出た。

明治通りまで直進し、新宿三丁目交差点から新宿通りに入った。女性カウンセラーの車は、依然として追ってくる。

『ハッピーマリッジ』のオフィスは港区北青山三丁目にある。目的地に着く前に、尾行の車を捲(ま)くつもりだ。

新宿御苑(ぎょえん)の前を通過すると、多門はボルボを脇道に入れた。

赤信号に変わる寸前だった。セレナが慌(あわ)ててスピードを上げた。しかし、もはや右折はできない。

多門は口の端を歪(ゆが)め、大京町(だいきょうちょう)を走り抜けた。信濃町(しなのまち)に出て、神宮(じんぐう)外苑方面に進む。

『ハッピーマリッジ』の本社は、意外なことに南欧風の白い洋館だった。

洋館のだいぶ先にボルボを路上駐車させる。『ハッピーマリッジ』には専用駐車場があったが、多門は車のナンバーを見られたくなかったのだ。

エンジンを切ろうとしたとき、スマートフォンに着信があった。

多門はスマートフォンを口許に近づけた。発信者は八木友紀だった。

「何かわかった?」

「やっぱり、森菜々は結婚相談所に会員登録してたよ」

「そう」

「さっき西新宿の『シャイニング』で、それを確認したんだ。友紀ちゃんの恩人は、あまり評判がよくなかったな」

多門はそう前置きして、詳しい話をした。さらに他人の名を騙り、『シャイニング』の特別会員になったことも付け加えた。むろん、当間から一千万円の小切手をせしめたことは黙っていた。

「パイロットじゃないってことがバレたら、ひと騒動ありそうね」

「そのへんはうまく切り抜けるよ」

「ええ、そうして。『シャイニング』が森さんの失踪に関わってるのかしら?」

「ちょっと怪しい感じだが、まだ何とも言えないな。これから、いろいろ調べてみるよ」

「無理はしないでね。あなたに何かあったら、わたし、責任を感じちゃうから」

「そんな心配しなくてもいいんだ。きみに頼まれて動きはじめたんだが、いまはおれ自身が女性写真家の失踪に関心を持ってるんだから。いま、北青山の『ハッピーマリッジ』の近くにいるんだ。これから、探りを入れてみる」

「わかったわ。それじゃ、よろしくね」

友紀が先に電話を切った。

多門はいったんアイコンをタップし、杉浦のスマートフォンを鳴らした。ツーコールで、通話可能状態になった。

「おれだよ」

多門は名乗らなかった。

「クマか。てっきり人妻からのお誘いかと思ったぜ」

「おれにまでカッコつけることないのに。それはそうと、弁護士先生の調査はだいぶ手間がかかりそうなの？」

「いや、きょうのうちに片づくだろう」

「だったら、ちょっと頼まれてくれないかな。『シャイニング』の社長をやってる当間誠一って男が前科持ちかどうか、それから暴力団との繋がりもね。ついでに、女関係も調べてもらいたいんだ」

「ずいぶん注文が多いな。クマ、高くつくぜ」

「百万出すよ」

「おっ、気前がいいじゃねえか。さては、どっかの誰かに強引に寄附させやがったな」

「おれは恐喝なんて、みみっちい真似はしないよ。惚れてる女のためだったら、百万や二百万の散財はどうってことない」

「相変わらずだな」

「とにかく、頼むよ。謝礼は必ず渡すからさ」

多門は通話を切り上げ、エンジンを停止させた。

ボルボを降りて、白い洋館まで引き返す。八時近い時刻だったが、電灯が煌々と灯っていた。

パイロットで化け通せそうもないから、ここでは会員登録はしないことにする。週刊誌の記者にでもなりすますか。多門は胸底で呟いた。

玄関の白いドアを開けると、ベージュの制服を着た女性社員たちの姿がまず目に留まった。

一階は、銀行とホテルのロビーをミックスしたような造りだった。

ロビーの部分には四卓のソファセットが置かれ、その反対側にはカウンターがあった。カウンターの向こうには、事務机が六つ並んでいる。

五人の女性社員が、それぞれパソコンのキーボードに指を躍らせていた。会員らしき男女の姿は見当たらなかった。

「ちょっとよろしいですか？」

多門は、出入口に最も近い席にいる眼鏡をかけた女性社員に話しかけた。相手が弾かれたように立ち上がり、カウンターに歩み寄ってきた。

「ご入会のお申し込みでしょうか？」

「いいえ」

「失礼しました。会員の方でいらっしゃいますね？　リストのご閲覧でしたら、どうぞ二階にお上がりください」

「実は、取材の申し込みなんですよ」

「新聞社の方ですか？」

「いいえ、『週刊ワールド』です。特約記者の遠藤肇という者です」

多門は偽名を使い、上着の内ポケットから薄茶の革の名刺入れを取り出した。

中には、十数種の偽名刺が入っている。それらを必要に応じて、うまく使い分けていた。

多門は遠藤肇名義の名刺を抜き出し、相手に渡した。

「どのような取材なのでしょう？」

「結婚情報産業の実態ルポを六ページの特集記事に組もうという企画なんですよ。経営者の方か、広報担当者にお取り次ぎいただけませんか？」

「まだ社長がおりますので、いま、お取り次ぎいたします」

女性社員は言い置き、奥の社長室に向かった。

数分待つと、彼女は戻ってきた。多門は社長室に案内された。

そこには、妖艶な美女がいた。三十歳前後で、スタイルもよかった。

「社長の佐久瑞穂です」

「遠藤です。アポも取らずに、いきなりお邪魔して申し訳ありません」

「いいえ。どうぞおかけください」

美人社長が、ゆったりとした造りの応接ソファを手で示した。

多門は目礼し、ソファに坐った。尻が深く沈んだ。

「コーヒーをお願いね」

瑞穂が女性社員に言い、多門の前に坐った。女性社員が下がる。

多門は、思わず瑞穂の美しさに見惚れてしまった。

細面で、造作の一つひとつが整っている。ことに杏子形の黒々とした瞳が魅惑的だ。鼻筋は通り、唇も官能的だった。頬から首筋にかけて、色香がにじんでいる。

渋い煉瓦色のテーラードスーツが肌の白さを際立たせていた。ネックレスはシンプルなデザインだった。

「いやですわ、そんなにまじまじと……」

瑞穂が多門の視線に気づいて、恥じらう風情を見せた。色っぽかった。

「あまりにおきれいなんで、つい見惚れてしまいました。並の女優よりも、はるかに美しいですね」

「おからかいにならないで」

「からかったわけでも、お世辞でもありません」

多門は言いながら、美しい女社長に一目惚れしそうな予感を覚えていた。

瑞穂が名刺を見ながら、遠慮がちに問いかけてきた。

「特約記者さんというのは、宝文社の正社員ではないんですね？」

「ええ。『週刊ワールド』の編集部と契約しているライターです。われわれは給料制ではなく、宝文社から原稿料を貰ってるんです。しかし、編集会議にも出ていますし、取材した原稿が没になることは滅多にありません」

「そうですか。確か『週刊ワールド』の発行部数は百万部近かったわね」

「八十六万部前後は出ています」

多門は何かで知った公称部数を口にした。

「それだけ売れている週刊誌に取り上げていただけたら、宣伝効果は大きいでしょうね」

「ええ、それは期待できると思います。しかし、パブリシティーじゃありませんので、『ハッピーマリッジ』をひたすら誉めるなんてことはしませんよ」

「それは当然です。事実をお書きいただいて結構ですよ。隠さなければならないようなことは何もありませんから、どうぞ見たままを記事にしてください」

瑞穂がそう言って、ほほえんだ。ぞくりとするような微笑だった。

多門は上着の内ポケットから手帳を掴み出した。ちょうどそのとき、さきほどの眼鏡をかけた女性社員がコーヒーを運んできた。コーヒーカップは安物ではなかった。

ほどなく彼女は社長室から出ていった。

「こちらの入会金は？」

「三十三万円です。大手の同業者よりも、二、三万円はお安いはずです。しかも低金利ですので、三十六回払いのローンでも約四十万円で済みます。二年間のうちに成婚に至らなかった場合は、その後の一年間は格安料金でお世話させていただいています」

「現在の会員数は？」

「男性会員が一万七千数百名、女性会員が一万二千名弱です。それから、法人会員が約百社ですね」

「年齢的に最も層が厚いのは？」

多門は畳みかけた。

「男性は三十から三十四歳までが約三割を占め、その次は三十五から三十九歳の層が多いですね。当社の場合は医師、弁護士、商社マン、国家公務員総合職試験をパスしたキャリア官僚などが多いものですから、二十代の方たちは割に少ないんです」

「女性のほうは？」

「二十五から二十九歳が全体の約四割で、三十から三十四歳の層が三割弱です。女性会員の方たちも四年制大学出身者が大半で、それぞれ一流企業や官庁にお勤めになられています。外交官や検事もいらっしゃるの」

「法人会員の入会金は？」

「一口五百万円で、二十五人の社員の方が登録できます。それ以上の場合は、おひとりに付き二十万円ずつ頂戴(ちょうだい)しております」

「成婚率は？」

「毎年三十パーセントはキープしています。結婚まで進まれるのは、男女ともに入会して半年以内というケースが圧倒的に多いですね」

「見合い回数が増えると、その分、相手のアラが見えてくるんだろうか」

「どうなのでしょう？　よくわかりません。コーヒー、お召し上がりになってください」

瑞穂が言った。多門はうなずき、ひと口だけブラックで飲んだ。美人社長もコーヒーカップを持ち上げた。

「参考までに、会員のファイルを見せていただけますか？」

「ご覧になるだけでしたら、かまいませんよ。ですけど、会員の実名は記事に載せないでくださいね」

「そのへんは心得てますよ。ファイルは、どちらにあるんです？」

「会員の情報はコンピューターにすべて登録してありますが、入会申込書とアンケート類は奥の資料室に保管してあります。ご案内しましょう」

「お願いします」

多門は腰を上げた。

導かれた資料室は、社長室に接していた。八畳ほどの広さだった。スチールの棚に会員名簿がアイウエオ順に連なっている。多門は無作為に幾つかのファイルを覗き、さりげなくマ行の棚の前に移動した。

森菜々の入会申込書は造作なく見つかった。およそ三カ月前に入会していた。

「遠藤さん、明日の夕方、船上お見合いパーティーがあるんですよ」

瑞穂がそう言いながら、近寄ってきた。

「船上パーティーとは洒落てますね」

「レストランシップをチャーターして、ホールで盛大にお見合いパーティーを開くんです。男性の参加資格は年収千五百万円以上の医師や実業家に限定しましたので、女性会員が四百人近くも参加する予定です」

「それは興味深いパーティーですね。ご迷惑でなかったら、ぜひ取材させてください」

「どうぞ、どうぞ。会員の方たちに自由にインタビューしていただいても結構ですので」

「クルージングのコースは？」

「三時間かけて東京湾内を巡航してもらうことになっていますの。午後六時に芝浦(しばうら)の日(ひ)の出(で)桟橋(さんばし)から東京マリーンラインの『アイリーン号』が出航しますので、それまでに桟橋に来ていただけます？」

「わかりました。それでは明日、またお目にかかりましょう」

多門はファイルを棚に戻し、先に資料室を出た。

第三章　闇からの銃弾

1

何かが目の前で閃いた。

女性の手だった。酒棚をぼんやり眺めていた多門は、ようやく自分を取り戻した。

百軒店の『紫乃』だ。多門は『ハッピーマリッジ』のオフィスを出ると、まっすぐ馴染みの酒場にやってきた。

先客は、ひとりもいなかった。

多門はカウンターの真ん中に腰を据えた。ママの作った切り干し大根を摘みながら、アブサンを傾けはじめる。

アブサンは強い酒だ。アルコールの含有率は七十パーセント近い。

しかも、喇叭(らっぱ)飲みだった。喉が灼(や)け、胃がちりちりする。多門は、そのハードな飲み応(ごた)えが好きだった。

飲みながら、ママの留美と世間話を交わした。話し込んでいるうちに、いつしかママの声は遠のいていた。多門はリキュールのくびれたボトルを見ながら、佐久瑞穂のことを考えていた。どうやら美人社長に心を奪われてしまったようだ。

「クマちゃん、どうしちゃったのよ」

ママが心配げに言った。

今夜も黒ずくめのファッションだった。有名なシャンソン歌手だった亡きジュリエット・グレコにどことなく似ていることを意識しているからか、留美はいつも黒いブラウスやスカートを身に着けている。

「どうしたって、何が？」

「うつけた顔をして、何か考えてたじゃないの。わたしが何を言っても、生返事だったわよ」

「ごめん、ごめん！　ちょっとビジネスのことを考えてたんだ」

多門は言い繕(つくろ)った。

「嘘おっしゃい。クマちゃん、締まりのない顔をしてたわ。どうせ女のことでも考えてたんでしょうが？」

「ママに嘘はつけないな。六十年も生きてきた女性は、伊達に年取ってないね」

「年齢は関係ないの！　観察力があるかないかよ」

「そうなのかな」

「クマちゃんの女好きにも困ったもんね。今度は、どこの誰にのめり込んだの？」

「まだ言えないよ。こっちが一方的に熱くなりかけてるだけだからな」

「悪い女たちにさんざん利用されてきたんだから、少し気をつけないとね」

留美が呆れ顔で言って、自分のビールを飲んだ。

「ママがおれのことを心配してくれるのはありがたいが、いまの言葉にゃ、ちょっと引っかかるな」

「どこが気に入らないのよ？」

「確かに他人の目には、おれは女たちにいいように利用されてる間抜け男に見えるかもしれない。けど、おれには騙されたとか、貢がされたって意識はないんだ」

「また、どんな女も観音さまだって言うんでしょ？」

「ま、聞いてよ。フェミニズムとか何とかじゃなく、実際、おれには女性の存在が尊く思えるんだ」

「女も、いろいろいるの。根っからの性悪女だって少なくないし、もともと女は神経が図太くて打算的なものよ。要するに、リアリストなの」

「ママ、それは違うな。女性に悪人なんて、ひとりもいないよ。経済的に恵まれなかったり、男運が悪かったりしたんで、強かに生きるようになった女性がいるだけさ」

「高校生の坊やだって、そんな甘くないわよ」

「誰が何と言おうと、おれには全女性が愛しいんだ。男ってのは、この世に異性がいてくれるから生きてられるんだよ」

「わかった、わかった。そういう話になると、クマちゃんは際限なく喋りつづけるから、このへんでやめない？」

「ママが言い出したんじゃねえか」

多門は少し拗ねて、ロングピースに火を点けた。

「そうだったわね。わたしが悪かったわ。焼きうどんでも作る？」

「ああ、頼む。いつものように三人前だよ」

「わかってるって」

留美がビールのグラスを置き、ブラウスの両袖を捲り上げた。

多門は煙草を喫いながら、またもや瑞穂のことを考えだした。夫のいる身なのか。事業に情熱を注いでいるように見受けられた。おおかた、独身なのだろう。そう思いたい。

未婚だとしても、恋人はいそうだ。あれだけの美女なら、男たちが放っておかないと思う。

瑞穂は愛する男の前では、無防備に振る舞っているのだろう。

どんなことで拗ねたり甘えたりしているのか。抱かれたときは、どのような反応を示すのだろうか。どこか謎めいた女のすべてが知りたい。

瑞穂の裸身を想像しただけで、多門は下腹部が熱を孕みそうだった。

美人社長はどんなふうに喘ぎ、どれほど淫らな声をあげるのか。快楽の海に溺れたとき、体をどう硬直させるのか。おそらく瑞穂は、男の体を識り尽くしているだろう。指はどう動くのか。口唇や舌は、どんな具合に使われるのか。

抱きたい！　多門は心の中で切望し、煙草をくわえた。

その直後、店に常連客の男たちが入ってきた。三人だった。彼らは中堅の建設会社に勤めていた。

「みんな、派手に飲んでやってくれよ」

多門は顔見知りの男たちに言って、奥のスツールに席を移した。

三人は並んで腰かけ、準大手のゼネコンが倒産の危機に晒されていることを小声で噂しはじめた。景気の回復は、まだまだ望めないのかもしれない。

多門は、また瑞穂のことを考えはじめた。

親密な女友達は誰も大切な存在だったが、いつからか、どの相手も新鮮でなくなっていた。その点、知り合って間がない瑞穂は何もかも興味深かった。神秘的でさえあった。

「はい、お待たせ!」

ママが大皿に盛りつけた焼きうどんを多門の前に置いた。

多門は煙草の火を消し、箸を手に取った。アブサンで喉を湿らせながら、豪快に食べはじめた。

「いつものことだけど、ダイナミックだな。見てて、気持ちいいぐらいです」

三人組のひとりが言った。

多門は返事もせずに、ひたすら掻き込みつづけた。平らげるのに十分もかからなかった。

「クマちゃん、よく嚙まなきゃ駄目よ」

留美が三人連れの水割りを用意しながら、母親のような口調で言った。

なんとなく嬉しかった。多門は、こっくりとうなずいた。ママが問いかけてきた。

「ウイスキーに切り替える?」

「いや、きょうはこれで切り上げるよ」

「あら、珍しいこと言うわね。どこか具合でも悪いの?」

「恋患いだよ」

多門は澄ました顔で言った。

すると、留美より先に三人連れが相前後して噴き出した。

「殺すぞ、てめえら！」

多門は声を張った。半ば本気だった。三人の男たちが一斉に目を伏せる。

「こら、クマちゃん！　子供っぽいことを言わないの」

「わかってるよ。ママ、またな」

多門は巨身を浮かせた。三人の男が次々にスツールを前に引く。

「なにビビってんだよ」

多門は笑顔で三人組を茶化し、のっそりと店を出た。

まだ十時半過ぎだった。しかし、別の酒場に寄る気にはなれなかった。

ボルボは裏通りに駐めてある。

多門は、そこまで歩いた。擦れ違う酔っ払いたちが一様に路を譲る。

別段、肩をそびやかして歩いているわけではなかった。それでも、二メートル近い巨体は人々に威圧感を与えるのだろう。

多門はボルボに乗り込んだ。酔いは浅かった。飲酒運転には馴れていた。交通違反をすることに後ろめたさは感じない。法やモラルを無視しながら、生きてきたからだろう。

車を発進しかけたとき、杉浦から電話がかかってきた。

「クマ、当間は十年ほど前に手形詐欺で神田署に検挙(アゲ)られてたぜ。ただ、起訴は免(まぬが)れてる。被害者と示談が成立したんだろう」

「杉さん、仕事が早いね」

「早く百万貰いてえんだよ」

「奥さんの入院費、だいぶ溜(た)めてんの？」

多門は訊いた。

「そうじゃないけど、銭はいくらあっても邪魔にゃならねえだろうが」

「それはそうだが、入院費の支払いで困るようなことがあったら、いつでも遠慮なく言ってよ」

「女房の入院費ぐれえ、おれの才覚で何とかすらあ。クマに迷惑はかけねえよ」

「杉さんのプライド、傷つけちゃったかな？」

「そんなんじゃねえよ。それよりな、当間社長は稲山会(いなやまかい)の人間と多少のつき合いがあるようだぞ」

杉浦が声をひそめた。近くに、人の耳があるのだろう。

稲山会は、首都圏を縄張りにしている広域暴力団である。構成員は三千五百人を超え、下部団体は四十を数える。

「もしかしたら、『シャイニング』は稲山会の企業舎弟(フロント)かもしれないな」

「いや、その疑いはねえってさ。本庁の組対(そたい)四課にいる知り合いに電話で確かめたんだ」

「そう」

「当間の女関係は、まだ洗ってねえんだ。二、三日動けば、何か摑(つか)めるだろう。それからな、ちょっと気になることが……」

「どんなこと？」

「去年の春に『シャイニング』に入会した二十六歳のパソコン・オペレーターが深夜、自宅近くで飲酒運転の車に轢(ひ)き殺されたんだが、運転者は稲山会の三次団体の準構成員だったんだよ」

「そのオペレーターは運悪く交通事故に遭(あ)ったんじゃないな。おそらく、消されたんだろう」

「おれも、そう睨(にら)んだんだよ。被害者(マルガイ)は、きっと『シャイニング』と何か揉め事を起こしてたにちがいない。で、葬(ほうむ)られることになったんじゃねえか」

「杉さん、死んだオペレーターの名前はわかってるの？」

「ああ、わかってるよ。大倉しのぶって名で、実家は品川区の平塚にあるんだ」

「杉さん、その大倉しのぶの遺族に会って、当間の会社と何かトラブってたのかどうか確認してくれねえかな」

「割り増しは、いくらくれる？」

「欲の深え父っつぁんだぜ。それぐらい、サービスしなよ」

「割り増しの件は冗談だって。わかった、その調査も引き受けらあ」

「よろしく！」

多門は言った。

「若死にしたオペレーターのことを考えると、当間社長が森菜々を稲山会のチンピラに拉致させた疑いが濃くなってきたな」

「そうだね。当間を近々、締め上げてみるよ。杉さん、当間の行動パターンをよく調べといてくれないか」

「了解！」

電話が切れた。

多門はスマートフォンを懐に戻し、ボルボを穏やかに走らせはじめた。

不審な車は見当たらない。多門は車を代官山の自宅マンションに向けた。十分ほど走ると、前方にマンションが見えてきた。

多門は、ぎくりとした。

マンションの玄関前の路上に、見覚えのある黒いセレナが停まっていたからだ。ハザードランプが明滅している。

運転席は暗かったが、カウンセラーの増田弘子が坐っているはずだ。彼女は、張り込み中のマンションに早野良という入居者がいないことを知ったのだろう。

多門はボルボXC40を横道に入れ、マンションの裏通りに停止させた。ヘッドライトを消し、手早くエンジンも切る。

増田弘子は多門の帰宅を辛抱強く待ち、不審な点を直に問い質すつもりなのか。あるいは、セレナの中には荒っぽい男たちが身を潜めているのかもしれない。そうならば、多門から一千万円の小切手を取り戻すつもりなのだろう。

しばらく様子を見てみることにした。

多門はシートをいっぱいに倒し、深く凭れかかった。

小一時間経ってから、そっと車を降りる。多門は表通りまで歩き、物陰からマンションの前を見た。

黒いセレナは掻き消えていた。十分ほど前にかすかなエンジン音を耳にしたが、そのときに発進したのだろう。

怪しい人影も目に留まらない。今夜は、ひとまず諦める気になったようだ。しかし、このままでは済まないだろう。先に当間を痛めつけることに決めた。

多門はボルボに駆け戻った。

2

霧笛が熄んだ。

アイリーン号が静かに岸壁を離れた。定刻の午後六時だ。

多門は、佐久瑞穂とレストランシップの甲板に立っていた。夕闇が濃い。日の出桟橋は照明に照らされている。

「取材に来てくださらないかと思っていたんですよ」

瑞穂が言った。

「遅くなって申し訳ありません。どうしても片づけなければならない仕事があったものですから。それで、出航直前にタラップを駆け登ることになってしまいました」

「でも、間に合ってよかったわ。会社の者たちには取材に全面的に協力するよう言ってありますので、ご自由にインタビューをなさって結構です」

「そうさせてもらいます」

「あのう、カメラは？」

「あいにくコンビを組んでるカメラマンの都合がつかなかったんですよ。こちらが写真を撮ってもいいんですが、下手なんです」

「そういうことでしたら、社員が撮った写真を提供いたしましょう」

「そうしてもらえると、ありがたいですね」

多門は言いながら、美人社長の横顔を盗み見た。

きょうも、息を呑むほど美しい。エメラルドグリーンのスーツも華やかだ。

「レストランシップにお乗りになったのは、初めてなのかしら？」

「ええ。思ってたよりも大きな船なんで、少し驚きました」

「このアイリーン号は、二千五百トンの湾岸巡航専用船なんですよ。居住区（ハウス）は三層で、一階と二階がレストランホールになっているんです。最上階には、カクテルバーとダンスホールがあります」

「船上お見合いパーティーは定期的に催されてるんですか？」

「ええ、毎月一度は開いています。夏は月に二回やってるの。クルージング・パーティーは女性会員にとても人気があるんですよ」

「そうでしょうね、ロマンチックな気分に浸れますので」

「どうもそうらしいの。ホテルやレジャーパークで開くパーティーにはあまり出席なさらない方も、クルージング・パーティーにはたいていお出になられます」

瑞穂が潮風でほつれた髪をエレガントに押さえた。大人の色気を感じさせる仕種だった。

多門は上着の内ポケットからノートを取り出し、取材をする真似をした。

「このパーティーに出席された女性会員は？」

「約三百八十人です。男性会員は、およそ六十人ですね」

「男女の比率がだいぶ違うな」

「ええ、そうですね。エグゼクティブの方たちはどなたも多忙なので、六十人そこそこの男性会員しか参加していただけなかったんですよ。ですけど、どの男性も好条件揃いです」

「そうでしょうね。会費は女性のほうが高いんでしょ？」

「ええ。女性が二万円で、男性は六千円です。ちょっと不公平だと思われるかもしれませんけど、将来有望なエリート男性のハートを射止めることができれば……」

「安いもんですか？」

「と思います。会費の件では女性会員の方たちは納得してくれているようですね。これまでクレームは一度もつけられたことがありません」

「そうですか。ちなみに、このレストランシップは何人乗りなんですか？」

「五百八十人乗りだそうです。操船乗員(クルー)が十人で、レストランスタッフは約三十人乗り込んでいるはずです」

「チャーター料金は安くないんでしょ？」

「そのご質問には、ちょっと答えにくいですね。ただ、これだけははっきり申し上げられます。この種のパーティーは赤字になることが多いんですよ。ですけど、目玉企画ですので、これからも定期的に催すつもりです」

「傍(はた)で見てるほど楽なビジネスじゃないようですね」

「実際、そうなんです。そろそろ挨拶の時間ですので、先に会場に入りますね」

瑞穂が腕時計に目をやって、居住区(ハウス)の中に慌(あわ)ただしく入っていった。

多門はロングピースに火を点けた。いつの間にか、アイリーン号は船首を沖に向けていた。すぐ眼前に、ライトアップされた東京港連絡橋(レインボーブリッジ)が迫っている。どこか幻想的な眺めだった。

レストランシップは京浜(けいひん)沿いに航行して、三浦(みうら)半島沖で東京湾を横断し、内房(うちぼう)をたどって帰港するらしい。

多門は白い縁板(ブルワーク)に片方の肘(ひじ)を預け、ベイエリアの夕景を眺めた。東京湾の海上に出たのは七、八年ぶりだった。芝浦周辺には、いつの間にか、だいぶビルが増えていた。

レインボーブリッジの先のお台場海浜公園の前には、数隻の屋形船が浮かんでいる。屋形の中では宴会が開かれているのだろう。愉しげな笑い声が響いてきた。

アイリーン号がレインボーブリッジを潜った。

多門は短くなった煙草を黒ずんだ海面に投げ落とし、居住区の中に入った。回廊を少し歩いて、一階のレストランホールに足を踏み入れる。

人いきれが充満していた。

着飾った女性たちがホールの中央に立ち並び、前方のステージに目を向けていた。壇上では、コードレス・マイクを握った瑞穂が型通りの挨拶をしていた。

エリート男性会員たちは、ステージ前に固まっている。立食式のパーティーだ。

会場のテーブルには、すでに料理が並んでいた。ビールやワインも用意されている。

会場の隅には、十数人のボーイが控えていた。それぞれが大きな銀盆を捧げ持っている。盆の上には、ウイスキーの水割りやジュースのグラスが載っていた。

瑞穂の挨拶が終わると、参加者に飲み物が配られた。

多門は、回ってきたボーイの手から水割りのグラスを受け取った。

ステージに売り出し中の若いお笑いタレントが立ち、乾杯の音頭をとった。まだ会場の雰囲気は和んでいない。

「みなさん、もっとリラックスしてくださいよ。リラックスしすぎて、素っ裸になられても困りますけどね。ここは銭湯じゃないんで」

お笑いタレントのジョークに場内が沸いた。多門は壁伝いにホールの中ほどまで進んだ。参加者は全員、胸に番号札を付けていた。男性の札は青、女性は白だった。

「少しリラックスされたようですね。いまさら説明の必要はないと思いますが、きょう、参加された男性会員の方たちはエリート中のエリートです。女性会員のみなさん、どうか素敵なパートナーをゲットしてくださいね」

司会者のお笑いタレントが最初のゲームの説明をしはじめた。

それは、番号の下一桁が同じメンバーを三人以上探し出すというゲームだった。すぐに参加者の男女が動きはじめた。

十分ほど経つと、幾つかのグループができた。ひとりの男性会員に、三、四人の女性会員が群がる恰好になった。

それでも、大勢の女性会員があぶれてしまった。すると、今度は上一桁が同じ者が集うことになった。その次は、生まれ月が同じ男女が一カ所に固められた。

こうして約六十人の男性会員それぞれに、六人前後の女性会員が寄り添う形になった。

まるでハーレムではないか。多門は、やに下がっている男性会員たちに不快感を覚えた。社会的地位の高い職業に就き、高収入を得ているからといって、それが何だというのか。人間の価値は、職業や収入で決まるわけではない。

女性たちは、早くそのことに気づいてくれないか。

多門は水割りを半分ほど呷った。それから間もなく、瑞穂が歩み寄ってきた。

「ご感想は？」

「面白いパーティーですね」

「ありがとうございます。小さなグループに分けることによって、男女間に会話のきっかけが生まれますでしょ？」

「そうですね。この後は、どんなふうにパーティーが進行するんです？」

多門は訊いた。

「フリータイムを一時間ほど設けてあります。その間は、男女どちらも自由に個人的にアタックしてもいいわけです」

「社交的な女性は嬉しいだろうが、控え目な方たちは時間を持て余しちゃいそうですね」

「そうとは限らないんですよ。男性は控え目な女性に魅かれるようで、そういうタイプの方は割に人気が高いんです」

「そうかもしれませんね。フリータイムの後は？」

「それぞれ気に入った相手の番号を書いていただいて、カップルが誕生したら、最上階で二人だけの時間を過ごしていただくんです。そして、最後は全員でビンゴゲームを楽しんでいただくことになっていますの」

「いろいろと趣向を凝らしてるんですね」

「ええ。できるだけのお膳立てをしてあげませんと、遠方から参加された女性たちに申し訳ないでしょ？」

「首都圏に住んでる女性だけじゃなかったんですか」

「ええ、札幌や福岡から参加された会員もいらっしゃるの」

「それは驚きだな」

「もうしばらく取材はできないかもしれませんから、先に何か召し上がってください」

美人社長はテーブルの料理を手で示すと、司会者のお笑いタレントに歩み寄っていった。

何か打ち合わせがあるのだろう。

多門は、かなり前から空腹感を覚えていた。ローストビーフ、スモークド・サーモン、海老のクリーム煮などを胃袋に収めた。水割りウイスキーのグラスも重ねた。

三杯目の水割りを飲み干したとき、見覚えのある若い女性が足早に近づいてきた。

多門は声をあげそうになった。なんと望月雅代ではないか。シルクのスーツ姿だ。

「やっぱり、早野さんでしたね。あなたも、『ハッピーマリッジ』の会員だったなんて、思ってもみませんでした」

「こちらは、まだ入会してないんですよ。きょうは、ちょっと見学させてもらってるんです」

「そうでしたの。いずれ入会されるんでしょ？」

雅代が問いかけてきた。

「まだ迷ってるんですよ」

「早野さんが入会してくれたら、とても嬉しいな。『シャイニング』のパーティーだけではなく、こちらの会のパーティーでもお目にかかれますのでね」

「それより、アタックしなくてもいいの？」

「わたし、とても感じの悪い男性のグループに入っちゃったんですよ。それに会話に割り込むチャンスがなかったので、ジュースのお代わりをしようと思ったら、早野さんのお姿が見えたんです。で、こちらに来たわけです」

「こっちも少し退屈してたんですよ。よかったら、デッキで少し風に当たりませんか？」

多門は誘った。雅代と瑞穂が鉢合わせをしたら、どちらにも怪しまれることになる。それだけは避けたかった。

雅代は迷うことなく、誘いに乗ってきた。

多門はひとまず胸を撫で下ろし、雅代を甲板に連れ出した。アイリーン号は羽田沖を滑っている。潮風は、いくらか油臭かった。しかし、それほど冷たくはなかった。

「最初は国内線の飛行機に乗ってらしたんでしょ？」

雅代が羽田空港ターミナルビルの灯火を見ながら、そう問いかけてきた。

「ええ、そうです」

「羽田空港には、いつまでいらしたんですか？」

「四年前までです」

「成田は遠いですよね」

「都内からは、確かにちょっと遠いな。しかし、通い馴れると、それほど苦にはなりませんよ」

「そうですか」

会話が途切れた。

雅代とパーティー会場に戻るわけにはいかない。といって、自分だけ甲板に残っていたら、美人社長が訝しがるだろう。どうすべきか。

多門は頭を悩ませはじめた。

数分が流れたころ、雅代が急に口許にハンカチを押し当てた。

「船酔いしたようだね」

「ええ、少し気持ちが悪いんです」

「化粧室に行く？」

「いいえ、大丈夫です。吐きたいほどじゃないの」

「どこかで横になったほうがいいな」

多門は雅代の腕を取って、居住区に戻った。

ちょうどそのとき、船長と思われる中年の男が前方から歩いてきた。白い制服には、ゴールドの肩章と袖章が付いていた。

「どうされました？」

「この女性が船に酔ってしまったようなんですよ。医務室は？」

「二階にございます」

「そこで少し寝ませてやってください」

多門は相手に言った。雅代はレストランホールの椅子に腰かけるだけでいいと言ったが、医務室に行くことを強く勧めた。

船長らしき男も、多門に同調した。それで、雅代は二階の医務室に行く気になった。

多門は雅代を男に託し、一階のパーティー会場に戻った。

何気なく壁際に並んだ椅子を見ると、二十六、七歳の女性が所在なげに腰かけていた。クリーム色のスーツに身を包んでいる。十人並の容貌だが、グラマラスだった。

森菜々のことを知っているかもしれない。

多門は女に近づいた。足を止めると、相手が先に言葉を発した。

「番号札をどこかに落とされたんじゃありません？」

「こっちは会員じゃないんですよ。ここには取材に来たんです」

「あら、取材でしたの。新聞社の方？」

「いいえ、『週刊ワールド』の記者です。遠藤といいます」

「宝文社には、何人か知り合いがいるんですよ。特約ライターなんでしょ？」

「ええ。会員の方ですよね？」

多門は、巧みに話題をすり替えた。

「そうです。あなたが名乗られたから、こちらも名を明かさなければね。山科智恵（やましなちえ）です」

「ちょっと取材させてもらってもいいかな？」

「ええ、どうぞ。ちょうど退屈してたところなの。とりあえず、お坐りになったら？」

智恵が、かたわらの椅子を手で示した。多門は一つ席を置いて、椅子に腰かけた。

「週刊誌の記者っぽくないですね。元レスラーか何か？」

「そう見られることが多いんですが、まるで違うんですよ」

「そう。どうぞご質問をつづけて」

「さばさばした方なんですね」

「それに勝ち気だから、軟弱な男たちはわたしに近づこうともしません。グループになった男性会員は大きな総合病院の息子らしいけど、わたしと目も合わせようとしなかったわ。失礼じゃない？」

「そうですね。で、ここに？」

「そうなの。わたし、もう二十七なんですよ。こんな会に入りたくなかったんだけど、親孝行のつもりで渋々ね。それに結婚する気はないんだけど、シングルマザーにはなってもいいかなって気持ちはあるの」

「入会されたのは？」

「一月だから、もう三カ月以上も前ね。でも、パーティーに出たのは、きょうで二回目なのよ」

智恵が答えた。

「この会の評判は、どうです？」

「あまりよくないみたいよ。エグゼクティブばかりを集めたパーティーを毎週のように開いて、女性会員たちから高い会費を取ってるの」

「毎週のようにパーティーを開いてるんですか？」

多門は確かめた。美人社長の話とは、だいぶ喰い違う。

「ええ、ほとんど毎週ね。それでもセレブに弱い女は、せっせとパーティーに出席してるみたい。でも、競争相手が多すぎて、お目当ての男性とツーショットになれる女性は少ないようね」

「名士（セレブ）の卵やエリートとの結婚を夢見てる女はそれでも懲（こ）りずに、高い会費を払ってパーティーに顔を出しつづけるわけか」

「考えてみれば、ばかみたいな話よね。でも、その手の女性が大半なんじゃない？　相変わらず自立心のない同性がたくさんいると思うと、なんか哀しくなっちゃうわ」

「山科さんは自立されてるのかな？」

「ええ、一応ね。それにしても、結婚情報サービス会社って、いい商売だと思うわ。わたしも自分で、この手の会社を設立しようかな」

智恵が言った。冗談とも本気ともつかない口調だった。

「女性会員の中に親しくなった人は?」

「特にいないわ。みんな、面白みがなさそうな人ばかりだもの」

「真偽はわからないんだが、『ハッピーマリッジ』が何か危いことをしてるって情報を小耳に挟んだんだが、何か思い当たる?」

多門は誘い水を撒いた。智恵なら、何か知っているかもしれないと思ったのだ。

「別に根拠があるわけじゃないけど、エリート男性会員たちの多くは『ハッピーマリッジ』のパーティーで本気で結婚相手を見つける気なんかないんだと思うわ」

「つまり、女性会員たちと遊ぶだけなんじゃないかって意味?」

「ええ、そう。〝有望株〟を射止めるためだったら、平気で体を張っちゃうなんて真顔で言ってた女が何人もいたのよ。遊ぶつもりなら、相手には不自由しないでしょう?」

「損得を考えながら、体を開く。そういうのは浅ましいし、なんか哀しいな」

「案外、そういう女が多いんじゃない? カネ、カネ、カネの世の中になっちゃったから」

智恵が冷徹に言った。

「おれは、おっと、失礼! わたしは、女性たちにそんなふうには生きてもらいたくないな」

「あら、顔に似合わず意外にロマンチストなのね。あっ、ごめんなさい」

「いいんだ、気にしないでください。ほかに何か思い当たることは？」

「これも噂にすぎないんだけど、会費をまったく払わないでエリート男性ばかりを集めたお見合いパーティーに必ず出席してる女性会員が十人前後いるらしいの」

「どういうことなんだろう？」

「もしかしたら、エリート男性たちのセックスペットにさせられてるんじゃない？　あるいは、高級コールガール組織のメンバーにさせられてるとかね」

「いくら何でも、そんなことはないと思うな」

　多門は口ではそう言ったが、智恵の推測を頭から否定する気にはなれなかった。裏社会で生きてきた彼は、高級官僚や外国の要人相手の秘密売春組織が実在することを知っていた。

　社長の佐久瑞穂はサイドビジネスで、その種の組織を動かしているのだろうか。そうだとしたら、売春を強いられている女性会員たちは瑞穂にそれぞれ弱みを握られているにちがいない。森菜々は、そのことを突き止めたのか。

「わたしの想像が外れてたとしても、いつも顔パスでパーティーに出席してる女たちは何か危いことをやらされてるんだと思うわ。ひょっとしたら、麻薬の運び屋をやらされてるのかもしれないわね」

「何か根拠があるの？」

「いいえ、単なる勘よ」

「急成長中の『ハッピーマリッジ』が麻薬密売組織と結びついてるとは思えないな」

「そうかしらね。さて、二万円の会費を払ったんだから、元を取らなくちゃ」

智恵が話を切り上げ、料理の並んだテーブルに足を向けた。

多門は椅子から立ち上がり、ホールを回りはじめた。

人の輪に入れない女性会員を見つけると、週刊誌の記者を装って必ず声をかけた。ひと通り取材の真似事をしてから、会費を払わずにパーティーに参加している女性会員がいるのかどうかを訊いてみた。

五人のうちの三人は、そうした噂があることを否定しなかった。

六人目に声をかけた化粧品メーカーのOLは、森菜々のことを知っていた。しかも菜々が美人社長と二カ月前にパーティー会場の隅で口論しているのを目撃したことがあるという。

「どんなことで言い争ってたんです?」

「森さんは、エリート会員の男性とのデートをなかなかセッティングしようとしないのは、女性会員に対する裏切りだという意味合いのことを強い口調で言ってました」

「そのとき、佐久社長はどんな反応を?」

「少し怒った顔で、相手の男性が多忙なので、うまくセッティングできないだけだと……」

「ほかに何か耳にしなかった？」

「二人のそばに長くいられない雰囲気でしたので、わたし、すぐに遠ざかったんですよ。だから、その後にどんな遣り取りがあったのかはわかりません」

相手のＯＬが口を噤んだ。

そのすぐ後、司会者のお笑いタレントがマイクを握った。

「だいぶ話が弾んでるようですが、ここでグループをいったん解散してください。これからの一時間はフリートークです。男性も女性も、気になっているパートナーに積極的にアタックしてください。ほら、ほら、早い者勝ちだよ。けっぱれ、けっぱれ！」

会場に笑い声があがり、参加者たちが忙しく動きはじめた。殺気立った女性もいた。凄まじい熱気だ。多門は苦く笑って、壁際まで退がった。

そのとき、美人社長が近寄ってきた。

「取材は順調に進まれています？」

「ええ、ほぼ取材は終わりました」

「ここ、落ち着きませんでしょ？　遠藤さん、ちょっとデッキに出ません？」

「そうしますか」

二人はレストランホールを抜け、右舷の甲板に出た。アイリーン号は横浜沖をゆっくりと進んでいた。

「横須賀の三笠公園の沖にある猿島をご存じでしょ？」

瑞穂が訊いた。

多門はうなずいた。猿島は、三笠公園の東約一・五キロの沖合に浮かぶ小島である。夏には海の家やキャンプ場が開かれ、海水浴客などで賑わう。

「猿島の近くで、アイリーン号は最初の碇泊をするんです。わずか十分ほどですけどね。それから千葉の館山沖と浦安の東京ディズニーランド沖でも錨を落とします」

「東京湾上から、陸の夜景を眺めてほしいってことですか」

「ええ、そうなんです。でも、四月の下旬ですので、デッキまで出てくる会員は少ないと思います」

「そうかもしれませんね。ところで、あなたが会社を設立されたのは五年前でしたっけ？」

「ええ」

「お若いのに、たいしたもんだな」

「もう若くないんですよ、三十一ですもの」

「事業家としては、すごく若いじゃないですか。失礼ですが、開業資金は佐久さんご自身で工面されたんですか？」

「はい、そうです。といっても、ほとんど借金でしたけどね」

「『ハッピーマリッジ』を設立される前は、何をされてたんです?」

「いろんなことをやりました。でも、過去のことはあまり語りたくないわ。楽しいことばかりじゃありませんでしたので」

「週刊誌記者としては、大いに好奇心を掻き立てられるな。しかし、深く立ち入ることはやめましょう」

「ありがとう。お優しいのね」

瑞穂が言った。

「自分も、まっすぐに生きてきたわけじゃありません。だから、他人のことを詮索(せんさく)するのは慎(つつし)むことにしてるんですよ」

「あなたの過去にちょっと関心があるけど、何もうかがわないことにしましょう」

「佐久さんこそ、お優しいな」

「わたしたち、二人で誉め合いっこしてません?」

「あっ、そうですね」

多門は笑った。瑞穂も笑い声をたてた。

それきり、会話は途絶えた。しかし、瑞穂は居住区(ハウス)に戻る気配は見せなかった。二人は縁板(ブルワーク)に腕を預け、暗い海と街の灯(ひ)を黙って眺めつづけた。

やがて、アイリーン号は猿島の沖に碇泊した。

居住区からは誰も現われなかった。誰もが結婚相手探しに夢中になっているのだろう。どうせなら、デッキには誰も来ないでもらいたいものだ。

多門は、もうしばらく瑞穂と二人だけでいたかった。彼女の肩に腕を回したい衝動を抑え、夜景に目を当てつづける。

数分後、猿島の方から鋭いエンジン音が響いてきた。漁船か、釣船だろう。

多門は闇を透(す)かして見た。波を蹴ちらしながら、一台の水上バイクがアイリーン号に接近してくる。

ライダーは黒っぽいウエットスーツを着込んでいた。顔かたちは判然としなかったが、体つきから察して、若い男だろう。

「夜、水上バイクを走らせるなんて、無謀だわ」

「若いから、無茶をやりたいんでしょう」

「それにしても、危険すぎる」

瑞穂が顔をしかめた。

水上バイクのエンジンが急に停止した。

次の瞬間、銃声が轟（とどろ）いた。赤い銃口炎（マズル・フラッシュ）が吐かれた。放たれた銃弾は、瑞穂の肩の横を疾駆（しっく）していった。瑞穂が悲鳴をあげた。とっさに多門は瑞穂の肩を摑（つか）み、身を屈（かが）ませた。

また、銃声が響いた。

二弾目は瑞穂の頭上を掠（かす）め、居住区（ハウス）の壁に当たって小さな火花を散らした。壁は鉄製だった。

「デッキに伏せるんだ」

多門は美人社長に言って、中腰になった。

そのとき、水上バイクのエンジン音が高まった。

「おい、待て！　何者なんだっ」

多門は声を張った。

水上バイクが大きく旋回し、猿島方向にフルスピードで走り去った。

「もう心配ありませんよ」

多門は瑞穂を抱え起こした。美しい社長は恐怖で全身を戦（おのの）かせていた。

「水上バイクの男は、あなたを狙撃（そげき）するつもりだったようだな。思い当たる奴は？」

「いません。わたし、人に恨まれるようなことはしてないわ」

「なら、人違いされたんでしょう」

「きっとそうだわ」

「騒ぎになると、面倒なことになるな」

多門はデッキにしゃがみ、ライターの炎で足許を照らした。

二発の銃弾は、そう遠くない場所に転がっていた。素早く拾い上げる。手製の弾丸のようだった。逃げた犯人は、改造銃を使ったのかもしれない。

かすかに熱を帯びた二つの銃弾を上着のポケットに突っ込んだとき、居住区(ハウス)から若い乗員(クルー)が飛び出してきた。

「さっき銃声のような音が二度聞こえましたが……」

「いや、そんな音は聞こえなかったな」

多門は努(つと)めて平静に答えた。乗員は首を傾(かし)げながら、居住区に戻っていった。

「ひとまずレストランホールに戻りましょう」

多門は瑞穂の片腕を取った。瑞穂の体は、まだ震えていた。

3

標的は自分だったのか。

　多門は煙草を吹かしながら、ふと思った。

　一階のレストランホールだ。アイリーン号は十分前に日の出桟橋に帰港し、パーティーの出席者たちはすでに下船していた。水上バイクの男が自分を撃つ気だったとしたら、彼を差し向けたのは『シャイニング』の当間社長と思われる。

　多門は、喫いさしのロングピースをスタンド型の灰皿に落とした。すぐ近くで、ボーイたちが後片づけにいそしんでいる。

「どう考えても、わたしが狙われたとは思えないんです」

　かたわらに坐った瑞穂が、ぽつりと言った。

「もしかしたら、狙われたのはこっちかもしれないな」

「何か思い当たることでも？」

「疑わしい人物は思い浮かばないんですが、週刊誌記者をやってると、時に被取材者の神経を逆撫（さかな）ですることがありますんでね。場合によっては、致命的なスキャンダルを暴くこともありますし」

「でも、遠藤さんが狙われたとは断定できませんよね？」

「ええ、まあ」

「怖いわ、わたし」

「しばらく佐久さんの身辺をガードしてあげましょう。こっちは昔、柔道をやってたんですよ。一応、三段なんです」

「なぜ、そんなふうに優しくしてくださるの？」

「少しでも長く、あなたのそばにいたいんですよ。一目惚れってやつかもしれません」

多門は冗談めかして言ったが、実は本心だった。瑞穂が困惑顔になる。

「本当に腕には自信があるんですよ」

多門は第一空挺団の特殊部隊員時代にハードな訓練に耐え抜き、人並以上の体力をつけた。前蹴りは、一トン近い破壊力がある。パンチの威力もプロボクサーに劣らない。握力も強かった。リンゴや胡桃(くるみ)を掌(てのひら)の中で、たやすく潰(つぶ)すことができる。全身の力を発揮すれば、二〇〇〇cc程度の車も引っくり返せる。

「わたしのことを心配してくださるのはありがたいんですけど、遠藤さんにはご自分の仕事が……」

「特約記者ですから、いくらでも融通(ゆうずう)が利(き)くんですよ」

「ですけど……」

「お金のことなら、心配しないでください。もちろん、無料でボディーガードをやります」

「甘えてしまっても、いいのかしら？」

「何かで困っている女性がいたら、手を差し伸べる。それが男の務めでしょう。女性が社会に進出するようになって久しいが、まだまだ立場は弱いですからね。それに体力の面では、男には勝てません」

「ええ、体力差は永遠に縮まらないでしょうね」

「今夜から、さっそくガードします。ご自宅まで送りましょう」

「今夜は会社の者に送ってもらいますので、ご心配なく」

「それでは、明日からオフィスの周辺をガードします。出社時間は？」

「午前九時半までにはオフィスに顔を出すようにしています。ですけど、遠藤さんにガードをお願いするわけにはいきません」

瑞穂は、まだ迷っているようだ。

「あなたのオフィスの中には入りません。なんなら、ガードは夜だけにしましょう」

「それでも、あなたにご迷惑をかけてしまうわ」

「そんなことは気になさらないでください。明日、またお目にかかりましょう」

多門は一方的に言って、椅子から立ち上がった。そのまま大股で、レストランホールを出る。

アイリーン号のタラップを降りると、物陰から望月雅代が走り出てきた。

「やっぱり、まだ船の中にいらしたんですね」

「レストランスタッフの中に、高校時代の後輩がいたんですよ。その男と話し込んでたんです。それより、気分はどうです？」

「おかげさまで、すっかりよくなりました。早野さんにお礼を申し上げなければと思って、ここでお待ちしてたんです」

「お礼なんていいんですよ」

「本当にありがとうございました。感謝の意味を込めて、どこかでカクテルでもと考えたのですけど、いかがでしょうか？」

「申し訳ないが、今夜も先約があるんですよ」

多門は言いながら、胸が疼いた。しかし、雅代に気をもたせることは残酷だ。冷たく突き放すことも思い遣りではないだろうか。

「あのう、お名刺をいただけませんでしょうか？」

「すまない。さっき最後の一枚を司会者に渡しちゃったんだ。この次には、必ず差し上げます」

「わかりました。それでは、またパーティーでお会いしましょう」

雅代は沈んだ声で言い、足早に遠ざかっていった。

多門は雅代の後ろ姿が見えなくなってから、船会社の建物のある方向に歩きだした。ボルボは、その近くの駐車場に置いてある。

桟橋の外れまで歩くと、暗がりから影が現われた。

刺客か。一瞬、多門は緊張した。だが、潜んでいたのは山科智恵だった。

「びっくりさせちゃったみたいね？」

「ああ、少し驚いたよ」

「ね、ちょっとつき合ってもらえない？　わたし、あなたに興味を持ったの」

「おれに？」

多門は、くだけた口調で確かめた。

「ええ、そう。パーティーに出てたエリート男性たちとは正反対のタイプだから、とっても新鮮に映ったのよ」

「そいつはどうも！」

「芝浦に海の見えるバーがあるんだけど、そこで軽く飲みません？」

「飲むだけ？」

「後は、あなたの腕次第ね。うふふ」

智恵が、ごく自然に腕を絡めてきた。恋愛体験は豊富らしい。

森菜々や美人社長のことをもっと探れるかもしれない。断る手はないだろう。

多門は智恵と並んで歩きだした。

ほどなく二人は、ボルボに乗り込んだ。智恵の道案内で数分、車を走らせた。

目的の店は、倉庫街の一角にあった。白と紺に塗り分けられた地中海風の建物だった。

多門は店の専用駐車場にマイカーを駐(と)め、二階の窓際のテーブル席で智恵と向かい合った。

智恵はマルガリータをオーダーした。多門はバーボンソーダを選び、数種類のオードブルも頼んだ。

「別れた男とよく来てた店なのかな？」

多門は訊いた。

「いいえ。時々、ひとりで飲みに来てるの。悪くないお店でしょ？」

「雰囲気はいいね」

「レインボーブリッジがちょっと目障(めざわ)りだけどね。夜の海は、やっぱり暗いほうがいいわ。そう思わない？」

「同感だな」

「話が合いそうね？」

「体は、もっと合うかもしれないよ」

「そういう台詞、セクハラになるんじゃない？」

智恵が小さく笑って、ハンドバッグの中からアメリカ煙草と女物のデュポンを取り出した。ライターは赤漆塗りだった。

「きみの仕事について、具体的には訊いてなかったな」

「男と女がお酒を飲むのに、身許調査が必要なのかしら？」

「野暮だったか」

多門は微苦笑した。

「笑うと、かわいい感じになるのね」

「三十過ぎの男に、かわいいはないと思うがな」

「そうね。でも、きっとした目が和んで、ほんとに愛くるしく見えるわ。ちょっと母性本能をくすぐられるわね」

智恵が言って、細巻き煙草に火を点けた。

そのとき、酒とオードブルが届けられた。ウェイターはすぐに下がった。二人は軽くグラスを触れ合わせた。

店の客は、カップルが目立つ。若い白人の男女もカクテルを傾けていた。

「面白い記事になりそう？」

「多分ね」

「生意気な言い方になるけど、船上お見合いパーティーなんて、記事にするだけの価値があるのかな。バツイチ組だけの集団お見合いとか、男性会員を日本在住の白人に絞ったパーティーなら、読者も関心を持つと思うけど。ううん、そういうのもニュース価値はあまりないでしょうね。なにしろ、ニュースサイトにロシア人女性を三百万円で紹介しますなんていう国際結婚斡旋所の広告が掲載されてる時代だもの」

「雑誌の編集の仕事をしたことがあるみたいだね？」

「ううん、ないわ」

「そう。ひょっとしたら、同業者なんじゃないかって気がしたんだが……」

「外れよ。偉そうなことを言っちゃったけど、気を悪くしないでね」

「気を悪くするどころか、とても参考になったよ。確かに、目新しい企画じゃないよな。実は、こっちの企画じゃないんだ」

「そうだったの」

「しかし、いまさら取材はやめられないしな。ところで、きみは『ハッピーマリッジ』の女性社長と話したことは？」

多門は問いかけてから、バーボンソーダで喉を潤した。

「パーティーの席で、ちょっと立ち話をしたことがあるわよ。彼女が何なの？」

「これはオフレコにしてもらいたいんだが、船上でちょっとしたことがあったんだよ」

「クルージング中に何があったの？」

智恵が煙草の火を消し、身を乗り出した。

多門は、アイリーン号の甲板で自分と瑞穂のどちらかが狙撃されそうになったことを手短に話した。

「標的が女社長だったとしたら、やっぱり『ハッピーマリッジ』は何か危(ヤバ)いことをやってそうね」

「そうなんだろうか」

「だいたい三十そこその女性が結婚情報サービス会社を経営できることが怪しいわよ。佐久って社長の前歴はわからないけど、まともな生き方をしてたんじゃ、開業資金を捻出(ねんしゅつ)できないと思うの」

「彼女は、ほとんど借金で事業を興(おこ)したと言ってた」

「あなた、その話を信じたわけ!? 『ハッピーマリッジ』は五年前に設立されたのよ。その当時、女社長は二十代の半(なか)ばだったんでしょう。そんな相手に、どんな金融機関が事業資金を貸す？」

「彼女の親が資産家なのかもしれないし、彼女名義の不動産があったのかもしれないじゃないか」

「妙に彼女を庇うのね。もしかしたら、美人社長に色目でも使われたんじゃない？」

智恵がからかった。

多門は眉ひとつ動かさなかったが、内面を見透かされているようで何とも落ち着かなかった。智恵が言ったように、二十代半ばだった瑞穂がたやすく開業資金を工面できたとは考えにくい。親やスポンサーの力を借りていないとしたら、何か非合法な手段で開業資金を調達したとも疑える。

瑞穂には他人に知られたくない秘密があるのだろうか。謎の部分があることは否定できない。それだからといって、嫌いになれそうもなかった。

「冗談はともかく、『ハッピーマリッジ』はどこか胡散臭いわよ」

「話は飛ぶが、森菜々って写真家を知ってるかな」

「ファッション写真を撮ってる女性でしょ？」

「そう。その森菜々も『ハッピーマリッジ』の会員らしいんだが、パーティー会場で見かけたことはない？」

「一度もないわ。あなた、女性写真家のコメントが欲しかったんでしょ？」

「ああ、できたらね」

「美人社長に頼んで、森菜々を紹介してもらったら？」

「そこまでする気はないんだ」

「そうなの。あなたは、まだ独身よね？」

「あまり甲斐性があるほうじゃないんで、なかなか結婚できないんだよ」

「嘘ばっかり！　甲斐性のない男がボルボなんか乗り回せないわ」

「あの車はリッチな友達から安く譲ってもらったんだ」

「それも嘘ね。嘘の下手な男って、わたし、嫌いじゃないわ」

智恵がマルガリータのグラスを空け、熱っぽい眼差しを向けてきた。多門もバーボンソーダを飲み干し、ウェイターを呼び寄せた。

二人はオードブルを食べながら、それぞれグラスを重ねた。

十一時を回ったとき、智恵が急にそわそわしはじめた。

「なんか様子が変だな。化粧室に行きたいんだったら、早く行ったほうがいいよ」

「そうじゃないの」

「急用を思い出したんだったら、遠慮なく言ってくれないか」

「違う、違うんだってば。わたしの様子で何か感じ取れない？」

「何を？」

「どうして、そんなに鈍感なのよ」

「何に鈍感なのかな？」

多門は訊いた。

「もう！」

「何か気に障ることを言ったんだね。なら、謝らなくちゃな」

「そうじゃないの。いいわ、わたしから言っちゃう。女がこんなことを言うのは少し抵抗があるけど、思い切って言うわ。あなたに抱かれてみたくなったの」

智恵は最後のフレーズだけ小声で言った。

「本気かい!?」

「ええ、もちろん！　こんなこと、冗談では言えないわ。あなたみたいにワイルドな男性とは、これまで一度もベッドを共にしたことがないのよ。過去に惚れた男たちは、なぜか神経の細い痩せた奴ばっかりだった」

「で、こっちの体に興味を持ったってことか」

「体だけじゃないわ。おおらかそうな人柄にも……」

「リクエストに応えなければ、失礼だな」

多門は先に腰を上げ、支払いを済ませた。

　店を出ると、智恵が身を寄り添わせてきた。どうやら本気らしい。彼女は雅代のように初心ではなさそうだ。据え膳を喰わなければ、かえって女心を傷つけてしまう。

　多門はそう勝手に極めつけ、ボルボの助手席に智恵を乗せた。自分も大急ぎで、運転席に入る。女の気持ちは変わりやすい。智恵の心が変わらないうちに、密室に早く籠りたかった。

　多門は車を急発進させた。

　芝公園のそばにあるシティホテルに乗りつけ、ダブルベッドの部屋を取った。部屋に入ると、二人はすぐに唇を重ねた。

　智恵はキスが上手だった。舌を吸ったり絡めるだけではなく、上顎の肉や歯茎を巧みにくすぐった。多門はディープキスを交わしながら、グローブのような大きな手で智恵の体を優しく撫でた。体は熟れていた。乳房もヒップも弾力性に富んでいる。

　やがて、二人は顔をずらした。

「一緒にシャワーを浴びよう」

「恥ずかしいわ。お先にどうぞ！」

　智恵が言った。

　多門は残念な気がしたが、無理強いはしなかった。手早くトランクスだけになり、バスルームに入る。多門はざっと体を洗って、急いで浴室を出た。脱ぎっ放しだった背広は、クローゼットの中に収められていた。

「服、ハンガーに掛けてくれたんだな。サンキュー」

多門はベッドに浅く腰かけている智恵に言って、ソファに坐った。腰にバスタオルを巻いただけの姿だった。

「毛深いのね」

「この体型で毛深いから、クマってニックネームをつけられてしまったんだ」

「そういえば、羆を連想させるわ。シャワー、浴びてきます」

智恵が立ち上がり、バスルームに向かった。

多門は煙草をたてつづけに二本喫ってから、ベッドのブランケットを大きくはぐった。腰のタオルを剝ぎ、シーツの上に仰向けになった。

それから数分が過ぎたころ、胸高にバスタオルを巻きつけた智恵がベッドに歩み寄ってきた。肌はピンクに色づいている。多門は、立ち止まった智恵のバスタオルを無言で外した。

肉感的な裸身が目を射る。飾り毛はハートの形に淡く煙っていた。

多門の欲望が息吹いた上体を起こし、智恵を引き寄せる。

智恵が瞼を閉じ、こころもち口を開けた。

多門は唇を吸いつけながら、智恵を組み敷いた。乳房をまさぐりはじめると、智恵が多門の昂まった部分を握った。

多門は頃合を計って、智恵のはざまに触れた。

そこは、早くも潤んでいた。二人は互いに官能を煽りはじめた。

4

夜明け前だった。

多門は生欠伸を噛み殺しながら、ステアリングを操っていた。代官山の邸宅街に入ったところだった。

多門は五時間近くも智恵の裸身を慈しんだ。

太い指で彼女の柔肌を撫で、体の隅々まで舐め回した。ことに性感帯には、念入りに口唇愛撫を施した。前戯で三度も極みに達した智恵は、乱れに乱れた。彼女の舌技は抜群だった。多門は幾度も蕩けそうになった。

二人は四、五十分休むと、ふたたび求め合った。

ゴールにたどり着くまで、たっぷり一時間はかかった。長い情事が終わると、智恵はそのまま寝入ってしまった。多門は静かにベッドから離れ、シャワーを使った。走り書きを部屋に残し、ホテルを後にしたのである。多門はボルボを左折させた。

少し走ると、自宅マンションが見えてきた。

『シャイニング』の女性カウンセラーの車は見当たらない。通りには、人っ子ひとりいなかった。多門はボルボをマンションの地下駐車場に入れた。

車から降りたとき、背後で足音がした。振り返る前に、多門は固い物で左の肩を叩かれた。痛みは鈍かった。多門は後ろ蹴りを放った。靴の踵が暴漢の向こう臑に当たった。呻き声が耳に届く。

多門は振り向いた。

すぐ近くに、鉄パイプを握った男が立っていた。二十五、六歳だろうか。ひと目で、暴力団の組員とわかる。

剃髪頭で、両方の眉を剃り落としていた。吊り上がり気味の細い目には、凶暴そうな光が宿っている。中肉中背だった。

「稲山会の者だなっ」

「うるせえ。てめえ、何者なんだよ？」

「当間社長に何を頼まれた？」

「パイロットに化けて、何を嗅(か)ぎ回ってたんだ？　一千万の預金小切手は、てめえの部屋にあるなっ」

「小切手だって？　おれはそんなもん、誰からも貰っちゃいない」

多門は左目を眇(すが)めた。

男が鉄パイプを上段に構えた。多門は前に出ると見せかけ、二歩退(さ)がった。

鉄パイプが振り下ろされた。空気が揺れる。足許のコンクリートが鳴り、セメントの破片が飛び散った。

多門は前に踏み込んだ。

体当たりをくれる。相手の腰が砕けた。多門は鉄パイプを奪い取り、沈みかけた男の白い綿ジャケットの襟首(えりくび)を摑んだ。

そのまま近くのコンクリート支柱の前まで引きずっていき、相手の額を支柱の角に打ちつける。骨と肉が重く鳴った。男が呻きながら、尻から落ちた。

「頭(ペテン)をぶっ叩かれる前に口を割るんだな」

多門は鉄パイプを右手に持ち替えた。

そのとき、頭をつるつるに剃り上げた男が逃げようとした。多門は鉄パイプで男の頭部を叩いた。

かなり手加減したつもりだったが、相手は動物じみた声をあげ、横に転がった。頭頂部が浅く裂けている。

「稲山会だな？」

多門は確かめた。

「そ、そうだよ。痛え、痛えよ」

「仲間はどこに隠れてるんだっ」

「お、おれひとりで来たんだ。仲間なんかいねえよ」

男が体を丸め、弱々しく答えた。頭に当てた両手は、鮮血で染まっていた。

多門は男に近づいた。

ちょうどそのとき、支柱の向こうで人影が動いた。三十一、二歳の男が姿を見せた。角刈りで、ずんぐりとした体軀だった。刃渡り七十センチほどの段平を提げている。鍔のない日本刀だ。

「そこにいやがったのか」

多門は身構えた。

これまで数えきれないほど修羅場を潜ってきた。刃物を見ても、身が竦むようなことはなかった。

「おとなしく小切手を返して、当間さんの前で土下座するんだな」

「てめえも稲山会のチンピラか」

「チンピラだと⁉　なめやがって！　片腕を叩き斬ってやるっ」

「やれるものなら、やってみろ！」

「くそっ」

角刈りの男が段平を下から斜めに掬い上げた。

刃風は重い。多門は動かなかった。素早く相手との距離を目で測っていたのだ。

段平が引き戻された。

多門は剃髪頭の男を見た。まだ倒れたままだった。

角刈りの男が段平を中段に据え、間合いを詰めはじめた。目が血走っている。

多門は片足を半歩引き、鉄パイプを握り直した。

男が段平を水平に泳がせる。多門は鉄パイプを斜めに振り下ろした。金属と金属が、まともにぶつかり合う。火花が散った。

次の瞬間、段平が二つに折れた。

男の顔から、血の気が引いた。折れた刀がコンクリートの床に落ち、小さく撥ねた。

「この野郎ーっ」

男が怒声を張り上げ、折れた段平を腰溜めに構えた。そのままの姿勢で、勢いよく突っ込んでくる。

多門は横に跳んで、鉄パイプを薙いだ。

鉄パイプは、男の胴に決まった。男が短く呻いて、横に転がった。折れた段平を握ったままだった。刃の断面は、ぎざぎざに尖っていた。

多門は、相手の右腕を鉄パイプで打ち据えた。

男の手から、折れた段平が落ちた。多門はそれを遠くに蹴り、角刈りの男の背を鉄パイプの先で押さえつけた。

「当間に言っとけ。このおれを甘く見ねえほうがいいってな」

「あんた、堅気じゃねえな」

「救急車の世話になりたくなかったら、共犯者と一緒に消えな」

「…………」

「なんなら、てめえら二人に当間の家に案内してもらってもいいな。どっちにする？」

「わかった、引き揚げるよ」

男が弱々しく言った。

多門は数歩退がった。角刈りの男が脇腹をさすりながら、緩慢な動作で立ち上がった。

「こんな物、持ち歩くんじゃねえ」

多門は鉄パイプの両端を持ち、飴(あめ)のように一気に捩(ね)じ曲げた。

角刈りの男は目を丸くした。多門は無言で顎をしゃくった。角刈りの男が仲間を引き起こす。

「折れた段平も持って帰りな」

多門は、捩れた鉄パイプを床に投げ捨てた。

男たちは使えなくなった日本刀を拾い上げると、捨(す)て台詞(ぜりふ)を吐いて逃げていった。

国際線のパイロットになりすますのは、土台、無理だったのかもしれない。

多門は肩を竦め、エレベーター乗り場に急いだ。六階の自分の部屋に入ると、すぐに寝具の中に潜り込んだ。一分も経たないうちに、眠りに落ちた。

スマートフォンの着信音で目を覚ましたのは午後二時過ぎだった。

「わたしです」

発信者は八木友紀だった。

「よう！　なんか元気がなさそうな声だな。どうした？」

「森さんの死体が……」

「えっ、なんだって!?」

「森さんの死体が、川辺富也の車のトランクルームの中で発見されたらしいの。今朝の十時過ぎにね」

「あのトミーって野郎の車のトランクの中に？」

「そうらしいのよ」

「テレビニュースで、そのことを知ったのかい？」

多門は寝具の上で、胡坐をかいた。

「ううん、そうじゃないの。知り合いのグラフィック・デザイナーが、たまたまトミーが警察に連れて行かれるところを見たんだって。その男性、トミーと同じマンションに住んでるのよ」

「トミーの様子について、何か言ってなかった？」

「川辺富也は刑事に任意同行を求められたとき、自分は人殺しなんかしてないって大声で喚いてたそうよ」

「あのにやけたホストが森菜々を殺ったとは思えないな。誰かがトミーに濡衣を着せようとしたんだろう」

「そうなのかな」

「トミーのマンションは、どこにあるんだ？」

「麻布よ。森さんが殺されてたなんて、ショックだわ」

友紀の声が湿った。

「こんな結果になって、申し訳ない。おれがもう少しうまく動いてりゃ、森菜々を死なせずに済んだかもしれないと思うと……」

「多門さんが悪いんじゃないわ。だから、負い目を感じたりしないで」

「しかしな」

「こういう言い方はよくないけど、森さんが殺されたのは運命だったのよ。そうでも思わないと、悲しみを乗り越えられなくなるもの」

「友紀ちゃん、勘弁してくれ」

「そんな言い方しないで。多門さんには、ちっとも責任なんかないんだから。森さんのことは早く忘れて。ね？」

「そうはいかないよ。失踪人を見つけ出すことができなかったんだから、せめて犯人を捜し出してやらねえとな。友紀ちゃんや殺された森菜々のためじゃなく、おれ自身がけじめをつけたいんだ。ここで犯人捜しをやめたんじゃ、なんだか負け犬になったみてえで気持ちがすっきりしないんだよ」

多門は一息に喋った。

「そうだろうけど、後は警察に任せたほうがいいんじゃない？」

「友紀ちゃんに迷惑はかけないから、おれの好きなようにさせてくれないか。いくらなんでも、このままじゃ癪だよ」

「多門さんの気持ちがそこまで固まってるんだったら、もう反対はしないわ。わたし、これから森さんの実家に電話をしてみようと思ってるの。もう警察から何か連絡があったでしょうから」

「司法解剖が終わったら、遺体は藤枝市の実家に搬送されるんだろうな」

「そういうことになると思うわ。何か手がかりを摑んだら、また多門さんに連絡するね」

友紀が電話を切った。

トミーこと川辺富也は、まだ警察で取り調べを受けているかもしれない。美人社長のガードができなくなるが、麻布署に行ってみることにした。

多門は洗面所に急いだ。

歯を磨き、伸びた髭を剃った。スタンドカラーの黒い長袖シャツの上に、明るい茶のジャケットを羽織る。下は象牙色のチノクロスパンツだ。

瑞穂のオフィスに電話をかけたが、あいにく会議中だった。あたふたと部屋を出る。

多門はボルボを麻布署に向けた。

三時前に目的の所轄署に着いた。多門は署の裏道に車を駐め、表玄関の方に回った。物陰に隠れ、麻布署の玄関先に目を向ける。

三十分が流れ、一時間が過ぎた。川辺富也はいっこうに姿を見せない。すでに容疑が晴れ、売れっ子ホストは自分のマンションに戻ったのか。それとも、まだ厳しく取り調べられているのだろうか。

夕方まで粘っても川辺と接触できなかったら、六本木の店に行ってみることにした。

多門はそのまま待ちつづけた。

川辺が憮然(ぶぜん)とした顔で麻布署から出てきたのは五時過ぎだった。

多門は、すぐには川辺に近づかなかった。刑事が川辺を尾行するかもしれないと考えたからだ。しかし、署からは誰も姿を見せなかった。

川辺は逆方向に歩きだしながら、目でタクシーの空車を探している。寝込みを捜査員たちに踏み込まれたのか、カラフルなジャージの上下を身に着けていた。

多門は足早に川辺を追った。距離が縮まる。すぐ背後に迫ると、川辺が気配で振り向いた。

「あ、あんたは⁉」

「よう！　麻布署の刑事たち、だいぶしつこかったようだな。おれも、おまえの車のトランクに森菜々の死体が入ってた理由を知りてえんだよ」

「なんで、あんたがそんなことまで知ってるんだ!?」

「声がでけえよ。もっと小せえ声で話せ!」

多門はそう言い、太くて長い腕で川辺の肩を抱き込んだ。

「な、なんだよ」

「逃げやがったら、両腕をへし折るからな。このまま、ゆっくり歩け。笑顔で歩くんだ」

「無理だよ、そんなこと言われたって」

「スマイル、スマイル!」

「なんなんだよ、いったいさ」

「森菜々の死体が、なんでトランクの中に入ってた?」

「知らないよ。おれ、あの女を殺してなんかいない」

川辺が言った。

「まさか死体が歩いてトランクの中に潜り込んだわけじゃねえだろうが」

「何がなんだかわからないんだ。おれ、自分の部屋で寝てたら、麻布署の刑事が二人訪ねてきたんだよ。それで、おれのスカイラインのトランクの中を見せてくれないかって言われたんだ」

「トランクリッドを開けたら、森菜々の死体が入ってたんだな？」

「そうなんだよ。おれ、腰が抜けそうなぐらい驚いた。膝頭も震えてたな」

「死体は腐乱しかけてたのか？」

多門は訊いた。

「硬直してるみたいだったけど、死臭はほとんどしなかったよ」

「衣服は？」

「着てたよ、少し汚れてたけど。パンプスはトランクの奥に転がってた。ハンドバッグはなかったな」

「おまえの車のトランクに森菜々の死体が入ってることを、警察はなぜ知ったんだ？」

「刑事たちの話によると、中年男の声で麻布署に密告電話があったらしい。そいつは、このおれが夜明け前に女の死体をスカイラインのトランクに投げ入れたのを見たって言ったそうだよ。おれの名前まで言ったようだ。おれを陥れるつもりだったんだろう」

「密告電話をした男に、心当たりは？　おまえが森菜々と親しかったことを知ってる人間の中に、そいつがいると思うんだがな」

「誰も思い当たらないんだよ、それがさ」

川辺が腹立たしげに言った。

「おまえの容疑は一応、晴れたようだな」

「実は昨夜(ゆうべ)、店で一緒に働いてる健坊(けんぼう)って奴が酔っ払って、おれの部屋に泊まったんだ。そいつの証言で、おれのアリバイが成立したんだよ。菜々は東京都監察医務院で正午過ぎから司法解剖されたらしい。それで、死亡推定時刻はきょうの午前二時から四時の間ということになったんだってさ。その時間帯は、おれ、自分の部屋で寝てたんだよ」

「なるほどな。こんな目に遭(あ)ったのも、女性たちを喰いものにしてる罰だと思って、少しは反省するんだなっ」

多門は川辺の肩を突き、踵(きびす)を返した。

駆け足で車に戻り、北青山の『ハッピーマリッジ』に向かう。ほんのひと走りだった。多門はボルボを路上に駐め、白い洋館に走り入った。

女性社員に瑞穂との面会を申し入れる。しかし、社長の瑞穂は一時間ほど前に法人会員数社を回ると言って外出したという。

「訪問先を教えてもらえないか」

「申し訳ありません。それはお教えかねます」

「佐久社長は誰かに狙われてるかもしれないんだ」

「えっ!?」

「だから、頼むよ」

「やはり、お教えできません。社長に、そう言われていますので。ごめんなさい」

「こっちこそ、無理を言ったね。悪かったよ」

多門は女性社員に詫び、大股で外に出た。

ボルボの中で紫煙をくゆらせていると、杉浦から電話がかかってきた。

「クマ、森菜々が殺されたぜ」

「もう知ってるよ」

多門は経緯を話した。

「そうだったのか。いったい誰がトミーって野郎を嵌めようとしたのかだな」

「そいつが、まるで透けてこないんだ」

「そうか。クマ、大倉しのぶの遺族に会ってきたよ」

「どうだった？」

「轢き殺された大倉しのぶは、『シャイニング』の当間社長に何か抗議の手紙を出した数日後に死んだらしい。手紙の内容については、母親は知らないと言ってたがな」

「なんか臭うな」

「ああ。それからな、当間は家族や社員たちの知らないプライベートルームを持ってたぜ。

恵比寿(えびす)三丁目にある『恵比寿コーポラス』って賃貸マンションの六〇五号室を個人名で借りてる。当間を尾行して、そこを突きとめたんだ」

「そのプライベートルームで、女と密会してるんじゃねえのかな」

「おれもそう思ったんだが、入居者の話だと、当間の部屋に女が出入りしてる様子はねえってさ。しかし、当間は二日おきぐらいにプライベートルームに立ち寄って、そこで数時間を過ごしてるらしいんだ」

杉浦が言った。

「夜かい？」

「ああ、いつも部屋にいるのは夜の何時間かだってよ。当間はガンマニアか何かで、手製の拳銃でも密造してるんじゃねえのか」

「何かプライベートルームで、秘密めいたことをしてるんだろう」

「今夜も仕事の帰りに、その部屋に立ち寄るかもしれねえぞ」

「恵比寿か。後で、ちょっと行ってみるよ」

多門は通話を切り上げ、ロングピースをくわえた。

第四章　美人社長の秘密

1

　部屋は明るかった。

　多門は玄関のスチール製のドアに耳を押し当てた。『恵比寿コーポラス』の六〇五号室だ。もう数分で、午後九時になる。

　それまで多門は、『ハッピーマリッジ』の前で佐久瑞穂の帰りを待っていた。しかし、女社長はいっこうに戻ってこなかった。そこで、『シャイニング』の当間社長のプライベートルームにやってきたのだ。

　人の話し声は聞こえない。

　テレビの音声も伝わってこなかった。だが、室内に人のいる気配は感じられる。部屋にいるのは当間だろう。

多門はドアから少し離れ、マンションの中廊下の左右をうかがった。

入居者の姿は見当たらない。多門は上着の左ポケットから、小壜（こびん）を取り出した。中身は透明なマニキュア液だ。蓋（ふた）の部分には、刷毛（はけ）が取り付けられている。

多門は、手早く両手の指と掌（てのひら）にマニキュア液を塗りつけた。両手に息を吹きかけ、何度か手首を動かす。

速乾性のマニキュア液だった。両手を合わせても、ベタつかなかった。これで、ドア・ノブや室内の物品には指紋や掌紋（しょうもん）は付着しないはずだ。

この季節に手袋を使うと、人目につきやすい。素手のほうが怪しまれないだろう。真冬以外に他人の家に忍び込むときは、もっぱら透明なマニキュア液を使っている。

多門はもう一度、首を左右に振った。

やはり、人影はなかった。多門は上着の内ポケットから万能鍵を抓（つま）み出し、そっと鍵穴に挿入した。ドア・ロックは苦もなく解けた。万能鍵を引き抜き、ノブをゆっくりと回す。ドア・チェーンは掛かっていなかった。

多門は素早く玄関に忍び入った。

何も異変は起こらなかった。後ろ手にシリンダー錠を倒し、土足で玄関ホールに上がる。

ホールの床は、都合のいいことにライトブラウンの絨毯（じゅうたん）敷きだった。ウッディフロアだと、どうしても靴音が響いてしまう。

多門は奥に進んだ。

仕切りドアの向こうは、十五畳ほどのリビングルームだった。その左手に、ダイニングキッチンや浴室があった。

クリスタルのシャンデリアが眩（まばゆ）く灯っていたが、誰もいなかった。

右手の寝室と思われる部屋から、男の荒い息遣いが聞こえる。多門は爪先に重心を置きながら、その部屋に歩み寄った。ドアは半開きだった。

多門は室内を覗き込んだ。

そのとたん、声をあげそうになった。素肌に紫のベビードール風のネグリジェを着た当間が宙吊りになっている。

模造手錠を両手首に掛けられて、滑車の太いロープを握りしめていた。前手錠だった。ロープは腰に幾重（いくえ）にも巻かれ、両方の足首を吊り上げる形になっていた。

猛（たけ）ったペニスには、義足に似た白い奇妙な器具が嵌（は）めてあった。それは小さなモーター音を発しながら、震動していた。男性用のバイブレーターだろう。

「どうして、こんなひどいことをするの？」

当間が滑車のロープを引きながら、女言葉を遣った。独り言だ。すぐに語調を変え、芝居がかった声をあげる。

「おまえを愛してるからだよ」

「嘘よ、嘘だわ。わたしを愛してくれてるんだったら、こんな惨いことはできないはずでしょ？」

「こういう愛もあるんだ。黙れ、黙っててくれ」

当間は宙で悶えながら、一人二役を演じつづけている。

よく見ると、足許のガラステーブルの上にはビデオカメラが載っていた。作動中だった。

部屋にベッドは置かれていない。

『シャイニング』の社長は、性倒錯者と思われる。ひとりで娯しむのが好きなオート・エロトマニアなのだろう。多門はせせら笑って、寝室のドアを勢いよく蹴った。その音で、ようやく当間は住居侵入者に気づいた。

「あんた、どうやって入ったんだ!?」

「玄関のドア・ロックを万能鍵でちょっとな。社長、変わった趣味をお持ちだね」

「いつから、そこにいた？」

「ほんの少し前だよ。けど、すべて察しはついたぜ」

「なんてことなんだ」

「いつまでぶら下がってやがるんだっ」

多門は寝室に入り、当間の腰を蹴った。

当間がロープから両手を放し、ほぼ真下に落ちた。弾みで、男性用バイブレーターが外れた。筒状のダッチワイフの内側には、花弁のような襞が幾重にも連なっている。その部分は妖しく蠢いていた。

モーター音が耳障りだったが、多門は不潔な性具に触れなかった。

当間が肘を使って、床を這いはじめた。その先には、模造手錠の鍵が落ちていた。

多門は数歩進んで、当間の脇腹を蹴った。当間が呻いて、体を丸める。多門はビデオカメラを停め、SDカードを抜き取った。

「そ、その映像、どうする気なんだ!?」

当間が上擦った声で訊いた。

「貴重な映像なんで、おれが貰っとく」

「それだけは勘弁してくれ。その映像が他人の目に触れたら、わたしの人生はおしまいだ。頼むから、返してくれないか」

「そうはいかねえな」

「金が欲しいんだったら、払ってもいいよ」

「そういう取引には応じられない」

多門は冷然と言った。当間が何か言いかけ、諦め顔で長嘆息した。

「稲山会のチンピラどもは、どうしてる？」

「なんの話なんだ？」

「往生際の悪い野郎だ。骨を二、三本折ってもらいてえらしいな」

「乱暴なことはしないでくれ。彼らに一千万円の小切手を取り戻させようとしたことは、悪かったよ。一千万円は早野さん、いや、多門さんだったな、あんたにやるよ。その代わり、ビデオ映像は返してくれないか。一生のお願いだ」

「泣きを入れるんじゃねえ！」

多門は一喝した。当間がびくりとし、慌てて視線を逸らす。

「国際線のパイロットになりすまして、なぜ、わたしの会社に接近してきたんだ？　その理由を教えてくれ」

「ちょっと調べたいことがあったってわけよ。おれの質問に素直に答えないと、そっちの変態ぶりが世間に知れることになるぞ」

「知ってることは、何もかも話すよ。だから、ビデオ映像を悪用するのはやめてくれないか。

頼む」

「順に訊いていくぞ。てめえんとこに、大倉しのぶって名のパソコン・オペレーターが会員登録してたよな？」

「大倉しのぶ？　さあ、はっきり会員だったとは答えられないな。なにしろ、一万人以上の女性会員がいるんでね」

「とぼけやがって。てめえは、大倉しのぶが送りつけた抗議の手紙を受け取ってるはずだ」

「会員の方からは、感謝の手紙をいただいてるだけだよ」

「ふざけんな。殺すぞ！」

「本当に、抗議の手紙を受け取った記憶がないんだ」

「そっちがシラを切る気なら、映像をてめえの奥さんに観せるぜ。その後、社員や会員たちにも拝ませてやるか」

多門はＳＤカードを掌の上で弾ませた。

「や、やめてくれ。大倉しのぶという会員から、理想の男性をなかなか紹介してもらえないことが腹立たしいという文面の手紙がきたことは認めるよ。それから、入会金をそっくり返してくれなかったら、会社の不正をマスコミにバラしてやるという脅迫めいた言葉も書いてあったな」

「で、そっちは去年の春、稲山会の下部組織の準構成員に大倉しのぶを轢き殺させた。そうなんだなっ」

「そ、それは……」

当間が口ごもった。

「どうなんだ！」

「大倉しのぶがわたしの自宅にもうるさく電話をかけてくるようになったんで、入会金は全額返してやったんだ。そうしたら、あの女は医者の会員と結婚させなきゃ、うちの特別会員の男性の中に妻子持ちが何人もいることを暴露すると……」

「だから、大倉しのぶを殺らせたんだな？」

「仕方がなかったんだ。会社の信用が落ちたら、倒産に追い込まれることになりかねないからね」

「写真家の森菜々には、どんな弱みを握られたんだ？」

多門は、肘で体を支えている当間の股間に目をやった。性器は縮こまり、陰毛に半ば埋もれていた。

「おたく、何者なんだ!?」

「こっちの質問に早く答えろ」

「森菜々は永瀬麻理子という調査員を使って、わたしに逮捕歴があることを調べ上げさせたんだ。わたしのそんな過去が会員たちに知られたら、事業は傾くことになるだろう。わたしは、それを恐れたんだよ。彼女はうちの会社がサクラのエリートたちを客寄せにしてることも知ってた。おそらく、それも永瀬という女探偵が調べたんだろう」

「森菜々は、どんな要求をしたんだ？」

「一千万円の口止め料を出せって言ってきた」

「そっちは何度も強請られることを恐れて、誰かにまず女探偵の永瀬麻理子を始末させた。それから森菜々を引っさらって、どこかに監禁した。さんざん脅しをかけたが、菜々は反抗的な態度を崩さなかった。で、そっちは誰かに菜々を絞殺させて、その死体を彼女が熱を上げてたボーイズバーのホストの川辺富也の車のトランクに入れさせた。大筋は間違ってねえな？」

「違う、違うよ！」

当間が叫ぶように言った。

「どう違うんだ？」

「森菜々の要求は突っ撥ねてやったんだ。むろん、あの女を監禁なんかさせなかったし、永瀬という女探偵も始末させてない。ほんとなんだ、嘘じゃないよ」

「菜々は女探偵まで雇って、そっちの弱点を押さえさせた。あっさり引き下がるとは思えない」

「最初は頑張ってたよ。しかし、わたしが稲山会の理事をよく知ってると言ったら、菜々はビビりはじめた。それっきり、脅しの電話はかけてこなくなったんだ」

「一応、ストーリーにはなってるな。けど、おれはそんな作り話は信じねえぞ。そっちは、大倉しのぶを殺させてるんだから」

「しのぶの場合は、パソコン・オペレーターの小娘に脅されて、つい逆上してしまったんだよ。始末させた後で、やくざの大親分と親しいって脅してやるだけでもよかったなと少し悔やんだ」

「そっちの話が事実かどうか、体に訊いてみよう」

多門はSDカードを上着の右ポケットに突っ込むと、両手で滑車のロープを摑んだ。

ロープを手繰(たぐ)り、当間を宙に引き揚げる。腰の部分を高く吊り上げられた当間は、しだれ柳のような恰好(かっこう)になった。

多門は片手でロープを引き絞りながら、当間に横蹴りを浴びせた。

当間はモビールのように揺れた。多門は、次に当間のこめかみに強烈な肘打ち(エルボー)を見舞った。

当間の体が回りはじめる。

多門は滑車ぎりぎりまで当間を吊り上げた。

すぐロープから両手を放す。滑車が軋み、勢いよく回った。当間はガラステーブルの真上に落下した。

ビデオカメラが飛び、ガラストップが割れる。

当間が長く唸った。ガラスの破片が、いくつか彼の体に浅く突き刺さっていた。シュールな眺めだった。

多門はロープを引き絞った。靴でガラス片を当間の真下に集め寄せる。

「割れたガラスの破片の上に、わ、わたしを落とすつもりなのか!?」

「まるっきりのばかじゃないらしいな」

「わたしは薄物一枚しかまとってないんだ。全身、血だらけになってしまうじゃないか」

「だろうな」

「おい、他人のことだからって、そんなふうに軽く言うなっ」

「他人事だからな」

「わたしの話を信じてくれ。頼むよ」

当間が顔を引き攣らせながら、懸命に訴えた。

「おれは、汚え生き方をしてる野郎の言葉は信じないことにしてるんだ。もう諦めろ」

「また、落とすのか!?」

「当たりだ」

多門は少し後方に退がって、ロープを一気に緩めた。

当間は、ほぼ垂直に落ちた。すぐに呻き声を洩らした。新たなガラス片が肉に刺さっていた。体のあちこちに、赤い斑模様が生まれている。血だった。

「洒落たボディーペインティングじゃねえか」

「手錠を外してくれ。これじゃ、刺さったガラスも抜けない」

「てめえで手錠嵌めといて、外してくれはねえだろうが！　這って自分で鍵を見つけろ」

「痛くて動けないんだ」

「甘ったれるんじゃねえ！　おれは、そっちの友達でも弟でもないっ」

「そうだが……」

「さて、そろそろ口を割ってもらおうか」

「まだ信じてもらえないのか。わたしが殺らせたのは大倉しのぶだけだ。女探偵や森菜々は殺らせてない。二人が死んでくれたんで、正直なところ、ほっとしたがね。しかし、絶対に二人の殺人事件には関わってないよ」

「どうだかな」

多門は、当間の顔を直視した。目が合っても、当間は視線を外さなかった。

それどころか、目顔で切々と訴えかけてくる。どうやら嘘はついていないらしい。いわゆる勘に過ぎないが、当たることが多かった。

「やっと信じてもらえたようだな」

「まだ完全に信じたわけじゃないぞ。稲山会の力を借りて、おれをどうこうしようなんて考えないほうがいいな。おれはヤー公の強さを知ってるが、奴らの弱点もわかってる」

「やっぱり、あんたはヤーさんなんだな」

「それは昔の話だ。いまは一匹熊さ」

「一匹熊？　それを言うなら、一匹狼なんじゃないのか」

「てめえにゃわからねえ話さ。増田ってカウンセラーのおばさんによろしくな。あばよ！」

多門は当間の腰を踏みつけ、のっそりと寝室を出た。

女探偵と森菜々を闇に葬ったのは、いったい誰なのか。菜々は女探偵の永瀬麻理子に『ハッピーマリッジ』のことも調べさせていた。

昨夜、アイリーン号の甲板で水上バイクの男に撃たれそうになったのは佐久瑞穂だろう。自分が標的なら、銃弾が離れすぎていた。標的は美人社長だったにちがいない。

そうしたことを考え合わせると、二つの殺人事件に『ハッピーマリッジ』が絡んでいそうだ。しかし、瑞穂が平気で殺人指令を下すとは思えない。何者かが、彼女に罪を被(かぶ)せようとしているのだろうか。そう思いたかった。

多門はエレベーターで一階に降り、マンションを走り出た。

九時半前だった。瑞穂は、もう出先から会社に戻っているかもしれない。

多門はボルボにあたふたと乗り込み、急いで発進させた。千メートルも走らないうちに、スマートフォンの着信音が鳴りはじめた。運転しながら、すぐに電話に出る。

「きのうはお疲れさま！」

発信者は山科智恵だった。ホテルの部屋に残したメモに、スマートフォンの番号を記しておいたのだ。

「先にホテルを出てしまって、悪かったな。午前中に別の取材があったんだよ。よく眠ってたんで、起こすのはかわいそうだったんで……」

「そうだったの。目を覚ましたら、あなたがいないんで、びっくりしちゃった」

「悪い、悪い！　きのうは最高の夜だったよ。やっぱり、おれたち、体も合ったな」

「ええ、合いすぎるほどじゃない？　わたし、あんなに燃えたのは初めてよ。もしかしたら、できちゃうかもね」

「待ってくれ。きみは確か安全な日だから、ナマでもかまわないと言ってたよな？」

多門は焦った。

「一応、安全日だったんだけど、わたし、ちょっとしたことで生理が狂うタイプなの。だから、もしかしたら……」

「配慮が足りなかったな。独身女性が妊娠したら、いろいろと困るからね」

「ううん、ちっとも困らないわ」

「え？」

「わたし、結婚する気はないけど、子供は欲しいと思ってたの。遠藤さんに決して迷惑はかけないから、もしもの場合は産ませて」

智恵が言った。

「簡単にそう言うが、未婚の母は大変だぞ。実は、おれのおふくろはシングルマザーだったんだ。看護師として働いてたから、なんとか喰うことはできたが、経済的にはいつも楽じゃなかった。おれには腹いっぱい喰わせてくれて、服もよく買ってくれたけど。おふくろは自分の安い化粧品を買うのも迷ったりしてたよ」

「あなたのお父さんからの援助はなかったの？」

「親父は妻子持ちだったんだよ。そんな相手に惚れた自分に非があるのだからと、おふくろは親父にも身内にも泣きつかなかったんだ」

「勁いし、偉いわね。そんなふうに、わたしも生きたいわ」

「だけど、苦労が多い。おれは、きみにそんな思いはさせたくないな」

「まだ妊娠したと決まったわけじゃないわ」

「そうだが……」

「また、近いうちに連絡するわ。きょうは、ちょっと忙しいの」

「きみの連絡先をまだ訊いてなかったな。電話番号は？」

「こちらから、また電話するわよ」

「ちょっと、待ってくれ」

多門は呼びかけた。だが、すでに電話は切られていた。

そのうち、また電話があるだろう。

多門は考えながら北青山に急いだ。

2

悲鳴が耳を撲った。

ボルボを降りたときだった。女性の声は『ハッピーマリッジ』のオフィスから聞こえた。

多門は突進（ダッシュ）した。

白い洋館に飛び込むと、両刃のダガーナイフを持った男が瑞穂に襲いかかろうとしていた。エントランスロビーだ。男は青いスポーツキャップを目深（まぶか）に被り、サングラスをかけていた。

「早く来て！」

キャビネットの近くまで追い詰められた美人社長が、多門に大声で救いを求めてきた。

男が振り向いた。すぐに怯（ひる）んだ。多門の巨身に気圧（けお）されたのだろう。

「ナイフを捨てろ！」

「こっちに来るな。それ以上近づいたら、女社長の喉を掻（か）っ切るぞ」

「いいから、ナイフを捨てるんだっ」

多門は大胆に男に近づいた。

男が短くためらってから、急に瑞穂から離れる。ダガーナイフをカーキ色の綿パーカのポケットに収め、すぐに拳銃を摑（つか）み出した。

ベレッタのようだが、銃身に針金が巻きつけてあった。真正銃（しんせいじゅう）ではなく、昔のモデルガンを改造したものだろう。いまのモデルガンは法の規制によって、プラスチック製の商品しか造れない。

しかし、四十年ほど前までモデルガンの多くは金属製だった。そうしたモデルガンは少し加工をすれば、実射も可能になる。ガンマニアなら、手製の銃弾も造れるだろう。

「ここから出ていけ。さもないと、あんたを撃つぞ」

男が改造銃と思われるピストルを両手保持で構えながら、震え声で言った。

「サイレンサーなしでぶっ放したら、近所の人間にすぐに一一〇番されるだろう」

「伏せろ、床に伏せろよ！」

「わかった。そう興奮するな」

多門は命令に従った。恐怖心からではなかった。相手がいきり立って、瑞穂に銃弾を浴びせることを恐れたのだ。

男が接近してくる。多門は男の足を掬（すく）うつもりだった。

しかし、男はそれを警戒しているらしく、大きく回り込んだ。多門は自（みずか）ら転がった。相手に近づいたら、足を飛ばす気でいた。

だが、遅かった。蹴りの届く距離まで転がらないうちに、男は出入口に向かって走りはじめた。

「安全な部屋に避難してくれないか」

多門は跳ね起き、瑞穂に言った。

瑞穂が大きくうなずく。多門は表に飛び出した。

男は右手の夜道を駆けている。多門は猛然と追いはじめた。スポーツキャップの男は数百メートル走ると、小さな公園に逃げ込んだ。

多門は園内に走り入った。

動く人影は見えない。どこかに隠れたようだ。

目を凝らしていると、暗がりでエンジンの始動音がした。次の瞬間、無灯火の黒っぽい大型スクーターが植え込みの陰から猛烈な勢いで走り出てきた。

多門は逃げなかった。

片足を引き、やや腰を落とした。大型スクーターが突進してくる。多門は両足を踏ん張って、スクーターのハンドルを両手で摑んだ。

後輪が浮き上がり、男の体が不安定に揺れた。タイヤが虚しく空転している。

多門はハンドルを捻った。男が地べたに投げ出された。多門は大型スクーターのエンジンを切って、スタンドを起こした。

男が身を起こそうとしている。

多門は踏み込んで、男の胸倉を両手で捉えた。大腰で、相手を投げ飛ばす。地面に叩きつけられた男は、長く呻いた。青いスポーツキャップとサングラスは、どこかに吹っ飛んだ。

園灯の光が男の顔を照らしている。二十二、三歳だろうか。馬面だ。

多門は屈み込んで、男の綿パーカのポケットからダガーナイフと飛び道具を抜き取った。内ポケットには運転免許証が入っていた。

多門は運転免許証を開いた。秋浜信行という名で、二十三歳だった。現住所は目黒区内になっていた。

「水上バイクに乗ってたのは、おまえだなっ」

「………」

「時間稼ぎはさせねえぞ」

「そ、そうだよ」

秋浜が認めた。不貞腐れた態度だった。

「標的は佐久瑞穂だったんだな？」

「ああ。死んだ姉貴の復讐をしたかったんだよ」

「どういうことなんだ？　説明してくれ」

「三つ違いの姉貴は半月前に感電自殺したんだけど、『ハッピーマリッジ』の女社長に殺されたようなものさ」

「殺されたとは穏やかな話じゃねえな」

「姉貴の渚は一年前に『ハッピーマリッジ』に入会したんだけど、なかなかいいパートナーと巡り逢えなかったんだ。そのことを佐久瑞穂に相談したら、海外在住の日本人商社マンを何人か紹介するから、現地で見合いをしてみないかって言われたらしいんだよ」

「そっちの姉さんは、その話に乗ったんだな？」

「ああ。姉貴は海外暮らしに憧（あこが）れてたから、ものすごく張り切ってアメリカ、イギリス、フランス、ドイツ、ベルギー、ノルウェー、オーストラリアなんて国々に飛んだ。当然、渡航費用は自分持ちだった」

「海外での見合いは、うまくいかなかったんだな？」

多門は確かめた。

「そうなんだ。どの相手とも、話は発展しなかったんだよ。それで、おれの姉貴は海外での見合いはもうやめる気になったんだ。ところが、女社長は姉貴にまだ諦めるのは早いとか言って、次々に相手を紹介したんだよ」

「それで？」

「すでに姉貴は自分の貯金を遣（つか）い果たしてたんで、消費者金融から金を借りて旅費を工面（くめん）しなければならなくなってた。それでも姉貴は佐久瑞穂に煽（あお）られて、せっせと国外に見合いをしに出かけた」

「そうこうしてるうちに、借金は大変な額になった？」

「そう、そうなんだよ。金融業者の取り立てもだんだん厳しくなったんで、姉貴はオンラインを悪用して、客の金を七百万も横領してしまったんだ。姉貴は、ある地方銀行に勤めてたんだよ」

「それが発覚しそうになったんで、そっちの姉貴は死を選ぶことになったのか」

「そうなんだ。佐久瑞穂が姉貴を死に追い込んだんだよ。あの女、赦(ゆる)せないっ」

秋浜が吐き捨てるように言った。

「気の毒な話だが、女社長を一方的に悪者にしてるな。そっちの姉貴だって、子供だったわけじゃない。自分の気持ちがしっかりしてれば、適当なところで海外での見合いはやめられただろう」

「姉貴は何度も佐久社長にそう言ったらしいんだ。でも、あの女はしつこく海外行きを勧めたっていうんだよ。それで、姉貴は押し切られて……」

「そっちの話は、どうも一方的だな」

「なら、女社長に確かめてみろよっ」

「そうしよう」

多門は言って、改造銃と思われるベレッタの銃把(グリップ)から弾倉を引き抜いた。手製らしい実弾が五発詰めてあった。

「撃ったりしないから、それを返してくれよ」

「こいつは昔のモデルガンを改造した拳銃だな？」

「そうだよ。モデルガンマニアのおじさんから、昭和三十九年に製造されたベレッタを十万円で譲ってもらったんだ。それを丸四日かかって、実射できるように改造したんだよ。おれ、工作機の製造会社で働いてるんだ」

「実包はハンドメイドだな？」

「そう。金と時間がかかってるんだから、返してくれよ」

秋浜が手を差し出した。

多門は首を振って、改造拳銃を捩じ曲げた。秋浜が信じられないような物を見たような顔になり、何か口の中で呟いた。その言葉は聞き取れなかった。

多門は弾倉を植え込みの奥に投げ込み、ダガーナイフの刃も折り曲げた。

「免許証、返してくれよ」

「後で返してやる。そっちが言ったことが事実かどうか確かめてからな」

「おれを佐久瑞穂のいる前に連れていく気なのかよ!?」

「そうだ」

「あの女の顔を見たら、おれ、両手で首を絞めるかもしれないぞ」

「そうはさせない」

「おたく、いったい何者なんだ？　『ハッピーマリッジ』の社員じゃなさそうだが……」

「週刊誌の記者だよ。アイリーン号には、船上お見合いパーティーの取材のために乗り込んでたんだ」

「それなら、別に佐久瑞穂の肩を持たなくたっていいじゃないか」

秋浜が不服そうに言った。

「おれは、困ってる女性を見ると、ほうっておけない性分（しょうぶん）でな」

「カッコつけてるけど、おたく、あの女に特別な興味を持ってるんじゃないの？　ああいう性悪（しょうわる）女の色香に引っかかったら、ろくなことにはならないぞ」

「いっぱしのことを言うじゃねえか。けど、佐久社長は悪女なんかじゃない」

多門は怒鳴りつけるように言って、秋浜のベルトをむんずと摑（つか）んだ。

「逃げたりしないから、手を放してくれよっ」

「黙って歩け！」

「わかったよ」

秋浜が観念し、足を大きく踏みだした。

二人は公園を出ると、『ハッピーマリッジ』に引き返しはじめた。白い洋館に着くまで、どちらも口をきかなかった。

オフィスに入ると、多門は大声で瑞穂の名を呼んだ。

ややあって、奥の社長室のドアが開いた。姿を見せた瑞穂は秋浜の姿に気づき、身を竦ませた。

「もう武器は持ってませんから、心配ありませんよ」

「遠藤さんがナイフと拳銃を取り上げてくださったの？」

「そうです。こいつが水上バイクに乗ってた奴ですよ」

「ええっ」

美人女社長の顔に緊張の色が拡がった。秋浜が憎々しげに喚く。

「おれは、あんたを撃ち殺すつもりだったんだ。でも、二発とも外してしまった。それで、今夜こそ殺ってやろうと思ったんだよ」

「わたしが、なぜ、一面識もないあなたに命を狙われなければならないの？」

「こいつは秋浜信行っていうんですよ。秋浜渚の三つ違いの弟だそうです」

多門は口を挟んだ。

「秋浜渚さんというと、うちの会員だった女性ね。でも、確か自殺されたんじゃなかったかしら？　新聞の記事で、それを知った記憶があります」

「この男は、あなたが自分の姉を死に追い込んだと言った」

多門は秋浜のベルトを摑んだまま、詳しい話をした。口を結ぶと、瑞穂が心外そうに反論した。

「それは言いがかりだわ。秋浜渚さんに海外在住の商社マンの方をご紹介したことは、間違いありません。ですけど、ロンドン勤務の男性会員をご紹介しただけです」

「紹介したのは、たったのひとりだけだった？」

多門は訊き返した。

「ええ、そうです。それも、わたしが格安航空券を押さえて、ロンドンのホテルの予約をしてあげたの。ほかの国々に出向いて、何度も現地でお見合いをしたなんてことは絶対にありません。ましてや海外でのお見合いをわたしが無理に勧めただなんて、とんでもない言いがかりだわ」

「話がだいぶ喰い違うな」

「いったい秋浜渚さんは、なんでそんなでたらめを言ったのかしら？」

瑞穂は憮然(ぶぜん)とした顔つきだった。

「姉貴は、でたらめを言ったんじゃない。パスポートを見れば、いろんな国に行った事実がわかる。パスポートはまだ処分してないから、なんなら家の者にここに持ってこさせてもいいよ」

　秋浜が美人社長に言い返した。

「あなたのお姉さんがアメリカやヨーロッパ諸国に行かれたことは、確かなんでしょう。でも、こちらで海外でのお見合いをお膳立てしたのは、たったの一度よ。お姉さんは海外旅行の愉しさに魅了されて、個人的に観光旅行をされたんじゃない？」

「消費者金融から旅行費用を借りたり、勤務先の銀行の金を横領してまで観光旅行をするような姉貴じゃない。ちょっとミーハーなところはあったけど、堅実派だったんだ」

「お姉さんには、あなたの知らない別の面があったんじゃない？」

「どういうことなんだっ」

「若い女性の中には虚栄心から外国の有名ブランド品を買い漁ったり、豪華な旅行をする人たちもいるんですよ」

「おれの姉貴は、そんなに軽薄じゃなかった」

「とにかく、根拠のない話で他人をむやみに恨むのはよくないわね。第一、迷惑です」

「わかったよ。何か証拠を見つけ出して、必ずあんたの悪辣な商法を暴いてやる」

　秋浜が喚いた。瑞穂は憐れむような目を秋浜に向けたきりだった。

「この男をどうします？」

多門は瑞穂に問いかけた。

「どうって？」

「警察に引き渡したほうがいいでしょう。あなたは、二度も危険な目に遭われたわけですから」

「腹立たしいけど、警察に通報するのは気が進みません」

「なぜ？」

「事情聴取で長い時間を取られると、仕事に支障を来たすでしょうし、起訴できるかどうかもわからないでしょうしね」

「こっちが証人になってもいいですよ」

「そのお気持ちは嬉しいけど、別に実害があったわけじゃないわ」

「それはそうなんだが……」

「前回と今回のことは忘れてあげるわ。でも、また同じ犯行に及んだら、そのときは迷わず警察に動いてもらうわよ」

瑞穂が秋浜に言った。秋浜は鼻先で笑った。

「まるで反省してないようだな」

多門は秋浜を引き倒し、運転免許証を投げつけた。秋浜は運転免許証を拾い上げ、すっくと立ち上がった。それから彼は瑞穂を睨みつけ、足早に表に出ていった。

「いいんですか、これで？」

「ええ」

「まだ仕事が残ってるのかな？」

「実は片づけたい仕事があるんですけど、今夜はやめることにします」

「ご自宅はどちらなんです？」

「渋谷区の西原です。代々木上原駅の近くにあるマンションに住んでるんですよ」

「そちらには、ご主人が……」

「わたし、まだ独身です」

「そうでしたか」

多門は顔が綻びそうになった。人妻との恋愛には、さすがに懲りていた。

「こちらには毎日、車で通われてるのかな？」

「ええ、いつもはね。でも、車を車検に出したので、きのうときょうはタクシーを使いました」

「車は何に乗られてるんです？」

「レモン色のポルシェです」

「あなたには、お似合いの車だな。ご自宅まで、こっちの車で送りましょう」

「よろしいんですか？」

「まだ秋浜が近くにいるかもしれませんので」

「それでは、お言葉に甘えさせてもらいます。少しお待ちになってね」

瑞穂が言って、社長室に足を向けた。

マンションでお茶ぐらい出してくれるかもしれない。ひょっとしたら、ビールをご馳走してもらえるのではないか。多門は、にわかに気持ちが浮き立ってきた。

思い通りに事が運べば、瑞穂と熱い夜が過ごせるかもしれない。そうなったら、美人社長はどんな痴態を見せてくれるのか。一度でいいから、瑞穂を抱きたい。多門は舌嘗りした。

そのとき、瑞穂が社長室から出てきた。多門は心中を読まれたような気がして、柄にもなく顔を赤らめた。

「電気を消して戸締まりをしますので、お先に表に」

瑞穂が言った。

多門は先に外に出て、ボルボのエンジンをかけた。少し待つと、瑞穂が多門の車に歩み寄ってきた。足の運びが優美だった。多門は助手席のドアを開けた。

瑞穂がヒップから坐り、揃えた両脚をきれいに車内に入れた。実にエレガントな坐り方だった。

多門はボルボを走らせはじめた。

神宮前の裏通りを抜け、原宿駅の脇から井ノ頭通りに入る。ふだんはもう少し交通量が多いが、なぜだか今夜は車が少ない。

たとえ十分でも長く車内に二人っきりでいたい気持ちなのに、まったく無情だ。多門はステアリングを捌きながら、密かにぼやいた。

「遠藤さん、恋人はいらっしゃるんでしょ？」

「いや、いません。だから、あなたのボディーガードを買って出たんですよ。今夜は、寝ずにあなたの部屋の前でガードします。部屋は何号室です？」

「七〇一号ですけど、マンションはオートロック・ドアになっていますので、不審者は内部に侵入できないでしょう」

「しかし、悪知恵のはたらく奴はいるもんです。安心はできませんよ。秋浜も悪知恵が回りそうだったな」

「わたしには、そうは見えませんでしたけど」

瑞穂が控え目に異を唱えた。

どうも脈はなさそうだ。今夜は、お茶一杯でスマートに引き揚げたほうがいいだろう。

多門は自分に言い聞かせた。

富ケ谷の交差点を通過すると、あっという間に小田急線の代々木上原駅に差しかかった。駅の少し先で右に折れ、住宅街の坂道を登りはじめる。

目的の高級マンションは坂道の上にあった。八階建てで、どっしりとした造りだった。

地下駐車場の出入口を目で探していると、瑞穂が言った。

「ここで降ろしてください。ありがとうございました」

「部屋まで送りますよ」

「お茶ぐらい差し上げなければいけないのですけど、目を通さなければならない企画書があるんですよ。ごめんなさいね」

「いや、お気になさらずに」

多門はボルボＸＣ40を停めた。瑞穂が車を降り、マンションの表玄関に向かった。

読みが甘かった。それはそれとして、瑞穂はなぜ秋浜を警察に引き渡そうとしなかったのだろうか。そのことが引っかかる。

美人社長には何か警察に隠しておきたいことがあるのだろうか。誰かを『ハッピーマリッジ』に潜らせて、そのあたりのことを探らせてみるか。

そこまで考えたとき、脳裏にニューハーフのチコの顔が浮かんだ。ここから新宿までは近い。

多門は車を新宿に向けた。

歌舞伎町の裏通りにボルボを駐め、『孔雀』のドアを押す。最初に多門に気がついたのは、ママの早苗だった。かつては歌舞伎役者で、女形をやっていた男だ。

「あらーっ、クマさんじゃないの」

ママの嬌声に、四人の従業員と客たちが一斉に振り返った。接客中のチコが紫色のミニドレスの裾を股の近くまで抓み上げ、転がるように駆け寄ってきた。

「いらっしゃーい。ようやく本気で、あたしと恋愛する気になってくれたのね。チコ、嬉しい！　うーんとサービスしちゃう」

「遊びに来たわけじゃねえんだ。チコに頼みたいことがあるんだよ」

「頼みって？」

「ある結婚相談所の会員になってもらいてえんだ」

多門は言った。

「クマさん、マジで言ってるの!?」

「ああ。チコなら、なんとか女で通用するだろう。必要な身分証明書は、偽造文書屋の雄作のおっさんに作らせるよ」

「なんとか女で通用するだろうって？　失礼ねえ。もう完璧な女よ、あたしは」

「そんなことより、おめえに探ってもらいてえことがあるんだ」

「どんなこと？」

「詳しい話をするから、ママに十五分ぐらい時間をもらってきな」

「オーケー！　待ってて、すぐに戻ってくるわ」

チコが店の奥に戻っていった。

多門はドアを閉め、ポケットの煙草を探った。

3

フリートークの時間になった。

男女合わせて約三百八十人の参加者が、にわかに活気づいた。日比谷にある帝都ホテルの宴会ホールの一つだ。

多門は男性会員の顔を一つずつ目で確かめた。

秋浜信行は会場には紛れ込んでいなかった。『ハッピーマリッジ』の見合いパーティーである。

チコが入会したのは五日前だった。

多門はチコの姿を目で追った。間もなく見つかった。派手なイブニングドレスをまとったチコは、かなり目を惹く。化粧も濃かった。

チコは男性会員にはほとんど近寄らずに、女性会員たちに盛んに話しかけている。

まずい！　あんなふうに露骨に話を聞き回っていたら、美人社長に怪しまれてしまうではないか。

多門は気が気ではなかった。

ウイスキーの水割りを傾けながら、メインテーブルの近くにいる瑞穂に視線を向ける。瑞穂は男性会員のひとりと熱心に話し込んでいた。チコの動きには、まったく注意を払っていない様子だ。

多門は、ひとまず安堵した。

だが、新たな不安に襲われた。なんと女性参加者の中に望月雅代が混じっていたのだ。雅代は男性会員たちの顔を覗き込んでいる。

自分を探しているのかもしれない。多門は雅代に背を向け、煙草をくわえた。

火を点けたとき、脈絡もなく八木友紀の顔が浮かんだ。友紀から電話があったのは、一昨日だった。

彼女は森菜々の告別式に列席し、遺族に頼んで故人が高校時代まで使っていた部屋を見せてもらったらしい。しかし、そこに事件を解く手がかりは何もなかったという。

煙草の火を消したとき、聞き覚えのある女の声がした。

振り向くと、雅代が立っていた。多門は狼狽した。

「ここにいらしたんですね？」

「先日は、どうも！」

「ここに来れば、早野さんにお目にかかれるような気がして、思い切って……」

「そう」

「あら、名札を付けていらっしゃらないんですね。まだ入会されていないんですか？」

「そうなんだ。きょうも見学させてもらってるんですよ」

「わたし、早野さんには好かれていないことはわかっています。でも、あなたのことがとっても好きなんです。ですので、気が向かれたときに一度会っていただけません⁉」

雅代が真剣な顔で訴えた。

この娘をこれ以上騙すのは、いくらなんでも酷だ。偽のパイロットだということを打ち明けよう。多門は意を決した。

「ご迷惑なんですね？」

「きみに話さなければならないことがあるんだ。ちょっと廊下まで出てもらえないか」

「はい」

雅代は瞬きもしなかった。

二人はパーティー会場を静かに出て、廊下で向かい合った。多門は深呼吸してから、一息に喋った。

「実は、きみに嘘をついてたんだ」

「嘘ですか？」

「そう。こっちは国際線のパイロットなんかじゃないんだ。それから、早野良というのも偽名なんだよ」

「嘘でしょ!?」

雅代の顔色が変わった。

「いや、事実なんだ。きみを騙して悪かったと思ってる。どうか赦してくれないか」

「どうして、どうして氏名や職業を偽ったりしたのですか？」

「『シャイニング』に潜入して、調べたいことがあったんだ。オフレコにしてほしいんだが、『ハッピーマリッジ』のことも調べてるんだよ」

「あなたは調査会社か、マスコミ関係の方なんですね？」

「残念ながら、職業は明かせないんだ。ショックだろうな？」

「ええ、ちょっと。でも、わたしの気持ちは変わりません。あなたがどんな仕事をなさっていても、おつき合いできればと考えています」

「それはできないんだ。もう結婚してるんだよ」

多門は苦し紛れに言った。雅代が虚ろな表情になった。

「もっと早く告白すべきだったんだが、言い出すきっかけを失っちゃってね。きみの心を掻き乱したことを謝らないとね」

「もういいんです。あなたのことは諦めることにします。お別れに握手していただけますか？」

「いいよ」

多門は雅代の手を握った。

「大きくて温かな手ですね」

「きみなら、きっと素晴らしい男と出会えるにちがいない」

「当分、お見合いパーティーに出席する気にはなれないと思います。でも、あなたのこと、恨んでなんかいません。想い出をありがとうございました。どうかお元気で」

雅代は手をほどくと、無理に笑顔をつくった。痛々しく見える。多門は一瞬、雅代を抱き寄せたい衝動に駆られた。

しかし、すぐに思い留まった。中途半端な優しさは、かえって残酷だろう。

多門は黙って頭を下げた。目に涙を溜めた雅代が目礼し、エレベーター乗り場に向かった。歩みは速かった。かわいそうなことをしてしまった。

多門はパーティー会場に戻り、ボーイから新しくウイスキーの水割りを貰った。

グラスを半分ほど空けたころ、盛装した瑞穂がさりげなく歩み寄ってきた。

「不審な奴は潜り込んでないようです」

多門は先に口を開いた。

「そうですか。あなたがわたしの身辺をガードしてくださるのはありがたいのですけど、そちらのお仕事のことが心配だわ」

「大丈夫ですよ。もう特集記事の原稿は書き上げて、デスクに渡してあるんです。『ハッピーマリッジ』さんについては、例のクルージング・パーティーの模様を枕に振っておきました。会の活動のことを中心に書きましたが、美人社長のあなたのことにも触れておきましたよ」

「それは楽しみだわ。うちの会社にとって、大変なメリットになると思います。お礼に、フランス料理でもご馳走します」

「せっかくですが、取材対象者の接待は受けないことにしてるんですよ。これでも、ジャーナリストの端くれですんで、常に身辺をきれいにしておかないとね」

「立派なお心掛けだわ。接待されることを当然のように考えてる高級官僚たちに、あなたの話を聞かせてあげたいぐらいです」

瑞穂が言った。

「こちらのことは別にして、この国で権力を握ってる政治家や官僚は腐り切ってますよね？」

「そうですけど、接待する民間企業にも問題がありますよ」

「ええ、その通りですね。戦後の日本は経済的には著しく成長しましたが、その分だけ人々の精神は荒廃したんでしょう。物質的な豊かさが幸福度の物差しになってるようなところがあるでしょ？」

「ええ。人間にとって、精神の充足感が最も大切なのに。わたしも事業をやっていますけど、利潤を追い求めているだけじゃないつもりです」

「あなたは金儲けだけに走るような女性じゃないと思うな」

多門はそう言い、グラスを空けた。

「生きていく上でお金は必要なものだと思いますけど、それだけが人生のすべてじゃありません」

「そうですよね」

「水割りも結構ですけど、何か召し上がったほうがいいわ。オードブルをお持ちしましょうか？」

「自分で取りますので、お気遣いなく」

「それでは、また後ほど」

瑞穂が軽く片手を挙げ、参加者の群れの中に入っていった。

多門は、料理の載ったテーブルに歩み寄った。帆立貝や鴨肉を皿に取り、猛然と食べはじめた。午後二時ごろに瑞穂がオフィスから車に届けてくれたベルギーワッフルと缶入り紅茶を胃に収めたきり、何も口にしていなかった。

ちょうど満腹になったころ、チコが音もなく近づいてきた。

元暴走族のニューハーフは多門に目配せすると、ごく自然な足取りで会場から出ていった。少し間を置いてから、多門はチコの後を追った。

チコはエレベーターホールの隅にある電話台の前に立っていた。台には、三つの緑色の公衆電話が並んでいる。

多門はチコのかたわらまで進んだ。

すでにチコは受話器を耳に当てている。多門は自宅に電話する振りをした。そのとき、チコが小声で話しかけてきた。

「秋浜渚が女社長に勧められて、何度も海外でお見合いをしたことは間違いないみたいよ。渚ほど回数は多くないけど、同じようにアメリカやヨーロッパでお見合いをした女性会員が何人もいたのよ」

「それは間違いないんだな」

「当の本人たちが言ってるんだから、間違いないんじゃない？」

「そうは言い切れないだろうが。もしかしたら、その彼女たちが何か佐久瑞穂に悪意を抱いてるとも考えられるじゃねえか。チコ、もうちょっと頭（ペテン）を使いな」

「クマさん、変よ」

「何が？」

「なんだって、そんなに女社長を庇（かば）おうとするのっ。もう瑞穂のお腹の上に乗っかっちゃったわけ？」

「佐久社長は、そんなに安っぽい女性じゃないよ。おかしなことを言いやがると、おめえを生き埋めにしちまうぞ」

多門はチコの踝（くるぶし）を軽く蹴った。

「なにすんのよ。クマさんなんて、嫌いっ。ちょっといい女だと、すぐに惚れちゃうんだから」

「そんなんじゃねえって」

「ほんとのことを言われると、すぐむきになる」

「うるせえ！　ほかにどんな情報を摑んだんだ？　早く言えっ」

「会費免除の女性会員が十人前後いることも確かなようね。そういう女たちは共通して、高級なバッグや腕時計をしてるんだって。二百万もするブルガリの宝飾時計を嵌(は)めてる女が何人もいるらしいし、数千万もするピンクダイヤの指輪をしてる女もいるそうよ」

「その女たちに、何か共通点は？」

「揃(そろ)ってセクシーな美女だって。それからね、そこそこの教養も身に付けてるみたい」

「なぜ、そういう彼女たちは特別扱いされてるんだろうな」

「多分、男性会員を多く集めるための客寄せなんだと思うわ。さもなければ、何かいかがわしいことをやってるんでしょうね」

「いかがわしいって、具体的にはどういうことなんだ？」

「女が荒稼ぎするには、お股を使うほかないでしょ？」

チコが乾いた口調で言った。

「何か根拠があるのか？」

「ただの勘だけど、当たってるんじゃないのかな。『ハッピーマリッジ』は結婚相談所を隠れ蓑にして、裏で高級コールガールの斡旋をしてるのかもしれないわよ」

「根拠のない話はするな」

「クマさん、黙って聞いてちょうだいよ。もう二十年以上前の話だけど、中堅の芸能プロダクションが所属タレントをタイやブルネイの王族の一夜妻にして、芸能ジャーナリズム界を騒がせたことがあったでしょ？」

「そういえば、そんなことがあったな。けど、『ハッピーマリッジ』の経営者は女性なんだぜ。同性の会員たちを高級娼婦に仕立てるとは思えねえな」

「クマさん、しっかりしてよ。昔の女郎屋には遣り手婆がいたでしょうが」

「ああ、そうだな。けど、瑞穂はそんな鬼婆なんかじゃないだろう」

多門は言い返した。

「ほら、またクマさんの悪い癖がはじまった。クマさんは女を好きになると、十代の坊やみたいに相手を美化しちゃうんだから。まるで聖女か、女神みたいにね」

「日本の女性は誰も観音さまだ。キリスト教も、ギリシャ神話も関係ねえ」

「いちいち揚げ足取らないでよ。クマさん、性格悪くなったんじゃない？」

「チコこそ、男のくせに細(こま)けえことを言うんじゃねえっ」

「戸籍上は確かにまだ男だわ。だけどね、あたしは身も心も女なの。せっかく女になり切ってんだから、いやなことを思い出させないでちょうだい！」

チコが頬を膨らませた。

「いいから、話をつづけな」

「なんの話をしてたんだっけ？」

「瑞穂が裏で高級コールガール組織を操ってんじゃないかって話だったろうが」

「あっ、そうだったわね」

「おれは、チコの推測をすんなり認めたくない。ちゃんとした裏付けがあれば別だが、推測や臆測(おくそく)で物を言ってもらいたくねえんだよ」

「どうやら女社長に本気で惚れちゃったみたいね。いいわ、近いうちに瑞穂が危(ヤバ)い裏ビジネスをやってる証拠を押さえてやるから」

「そんな証拠、押さえられるわけがない」

「もし押さえたら、どう決着(オトシマエ)をつけてくれる？」

「おめえの言いなりになってやらあ」

「いまの言葉、忘れないでよ。証拠を押さえたら、あたしとメイクラブしてもらうからね」

「チコ、そいつだけは勘弁してくれ。元男のおめえを抱くなんてことは絶対にできねえ」

多門は慌てて言った。

「いまさら何を言ってんのよ。クマさんは、一度、あたしを抱いてるじゃないの」

「前にも言ったが、あれは抱いたんじゃねえ。おめえがおれの上に跨がって、勝手に腰をグラインドさせただけじゃねえか」

「うふふ。それで、おしっこを漏らしただけだと言い張りたいのね」

「事実、その通りだったじゃねえか。それとも何かい、おれが射精したってことを証明できるのかっ」

「ばかねえ。いまごろ、証明できるわけないじゃないの。いいわ、それじゃメイクラブの代わりに、三百万円相当の指輪を買ってもらうからね」

「三十万に負けろや」

「本気にしちゃったのね、かわいーい！　いいわよ、ノーギャラで」

チコは受話器をフックに掛け、腰を振りつつパーティー会場に戻っていった。

智恵もチコと同じようなことを言っていた。二人の推測が正しかったとしても、高級娼婦の斡旋ではボロ儲けなどできない。結婚相談所のほうが、よほど儲かるのではないか。ただ、高級娼婦を抱いたＶＩＰたちを強請るとなれば、話は別だ。だが、瑞穂を疑うのはよそう。

多門は頭を横に振った。

まともな事業で成功を収めた美人社長が、そのような悪どいことをするわけがない。暴力団まがいのことをして、わざわざ一生を棒に振るような愚かな真似はしないだろう。

智恵やチコは、そこまで頭が回らなかったようだ。

多門は受話器を置いた。すぐにパーティー会場に戻る。

場内はフリートークで盛り上がっていた。

とはいえ、今夜も男性会員の数は少ない。多くの女性会員がツーショット・トークを愉しむカップルに羨望の眼差しを向けていた。

多門は会場の端で水割りを啜りながら、時間を遣り過ごした。

パーティーが閉会になったのは予定の午後九時だった。参加者全員が立ち去るまで、多門は気を抜かなかった。瑞穂は会の司会を務めた中堅のテレビ男優に挨拶をすると、多門に歩み寄ってきた。

「お疲れになったでしょ？」

「いいえ、どうってことありませんよ。あなたこそ、疲れたでしょ？」

「ええ、ちょっとね」

「芸能界に知り合いが多いようですね。船上パーティーのときも、お笑いタレントが司会をやってた」

「若いときに、ちょっとタレントめいたことをしてた時期があるんですよ。売れなかったんで、見切りをつけたんです」

「そのときの芸名は？」

多門は訊いた。

「もう昔のことですので……」

「いいじゃありませんか。教えてほしいな」

「恥ずかしいわ。これといった芸歴はなかったんですよ。それに、いい想い出もなかったしね」

「そういうことなら、無理には訊かないことにします」

「早く自分の家で寛（くつろ）ぎたいわ」

「なら、ご自宅まで護衛しましょう」

「お願いします」

瑞穂が軽く頭を下げた。

二人はパーティー会場を出ると、エレベーターでホテルの地下駐車場まで下降した。

4

エレベーターが停まった。

扉が左右に割れたとき、ホールの奥から黒い人影が現われた。男だ。

刺客かもしれない。多門は瑞穂を引き戻そうとした。そのとき、怪しい男が走ってきた。

日本人ではなかった。肌の色が浅黒く、彫りが深い。黒髪で、それほど背は高くなかった。

イラン人だろうか。

男がジャケットのポケットから、陶製の小壜を取り出した。すぐにキャップを外し、刺激臭の強い液体を瑞穂の顔に振りかけようとした。

とっさに多門は美人社長を背の後ろに庇い、イラン人と思われる男の右腕を蹴り上げた。

小壜がエレベーターホールの床に落ち、砕け散った。その瞬間、白煙が立ち昇った。中身は稀硫酸か、塩酸溶液だろう。扉が閉まりそうになった。

多門は〝開〟のボタンを押し、瑞穂に言った。

「安全な場所に避難してください」

「あなたは、どうなさるの？」

「いまの男を取っ捕まえます。三十分以上経ってもこっちが戻らなかったら、社員のどなたかに自宅まで送ってもらってください」

「危ないわ。おやめになって」

瑞穂が制止する。

それを振り切って、多門はホールに飛び出した。イラン人らしき三十歳前後の男は、オフブラックのプリウスの運転席に乗り込みかけていた。

かなり離れている。走っても追いつきそうもない。

多門は自分の車に乗り込んだ。

エンジンを唸らせたとき、プリウスが急発進した。多門はボルボを走らせはじめた。プリウスは帝都ホテルの地下駐車場を出ると、日比谷通りを北へ向かった。

多門は追尾しはじめた。プリウスのナンバープレートには、〝わ〟という文字が見える。レンタカーだ。

イラン人とおぼしい男と瑞穂は一面識もないようだった。男は誰かに金で雇われ、美人社長の顔面に火傷をさせるつもりだったのだろう。雇い主は、秋浜なのか。

プリウスはJR御茶ノ水駅の脇を走り抜けると、ほどなく白山通りに入った。そのまま直進し、板橋本町から中山道に進む。

逃げている男は、多門に追跡されていることを知っているにちがいない。埼玉方面に向かっているのは、自分をどこか淋しい場所に誘い込む気なのではないか。

多門は不敵な笑みを浮かべ、プリウスを追いつづけた。

プリウスは、荒川に架かる戸田橋(とだばし)の手前で左折した。土手道を数百メートル走り、河川敷に降りた。

やはり、思った通りだ。多門は罠と知りつつ、ボルボを河原に進めた。

川縁(かわべり)には丈(たけ)の高い雑草が生い繁(お)っていた。川面(かわも)は暗かった。あたりには、人っ子ひとりいない。対岸に見える細長い建物は、戸田競艇場だろう。灯影(ほかげ)が揺れている。

プリウスが川辺に停まった。

ヘッドライトが消され、エンジンが切られた。多門もブレーキペダルを踏みつけた。ライトのスイッチを切る。車を停めたのは、プリウスの二十メートルほど後方だった。

多門は急(せ)かなかった。

不用意に先に車を降りたとたん、銃弾が飛んでくるかもしれない。プリウスが猛然とバックしてくる可能性もあった。

一分ほど過ぎると、イラン人らしき男がプリウスから出た。

何か手にしている。多門は車のエンジンを切って、男の手許(てもと)を透かして見た。

男は、スリングショットと呼ばれている狩猟用強力パチンコを握っていた。パチンコといえば、日本では子供たちの遊具の一つと考える者が少なくない。

しかし、欧米で昔から広く使われている狩猟用の強力パチンコは紛れもなく武器だ。五十ミリ以上の鋼鉄球を飛ばせば、大鹿や熊も仕留められる。至近距離なら、たいていの獣に貫通傷を負わすことができる。

紐状のゴムバンドより、医療用のゴムチューブのほうが強力だ。プーリーという滑車が組み込まれているスリングショットは、さらに威力がある。ボルボをデコボコにされたくなかった。

多門は車の外に出ると、横に走った。

男が慌ててスリングショットのゴムチューブを耳の横まで引き絞った。もう一方の手で抓んでいるのは、ただの小石なのか。それとも、鋼鉄球なのだろうか。

多門は身を屈めた。

ほとんど同時に、凄まじい風圧を左の側頭部に感じた。数メートル後ろで、千切れた草の葉が飛び散る。土塊も舞った。どうやら放たれたのは大きな鋼鉄球らしい。

まともに眉間に当たったら、死ぬだろう。

多門は足許の小石を拾い上げ、ジグザグに走りはじめた。

男が二発目の弾を用意し、ふたたびゴムチューブを引き絞った。近くには灌木すらなかった。雑草ばかりだ。

どれも丈があったが、多門の巨体は隠しようがない。

二弾目が疾駆してきた。多門は肩から前に転がった。鋼鉄球は近くの砂利を弾き飛ばした。

多門は敏捷に起き上がり、小石を男に投げつけた。

男が呻いて、高い鼻を押さえる。多門は男に走り寄り、体当たりを浴びせた。男が尻から草の上に落ち、両脚を高く跳ね上げた。

多門は男を摑み起こし、双手背負い投げを掛けた。

また、男が倒れた。今度は仰向けだった。強く腰を打ったらしく、男が長く唸った。多門は男を引き起こし、体落としを見舞った。

「わたし、もう暴れないよ」

男の日本語は幾分、たどたどしかった。

多門は相手の言葉を無視して、男の動きを縦四方固めで封じた。そのまま、相手の利き腕の関節を痛めつける。

「イラン人だな？」

「そ、そう。腕、痛いよ。わたし、痛くてたまらない」

「名前は？」

「ムジヒムね」

「小壜の中身は稀硫酸だなっ」

「その日本語、難しい。よくわからないよ」

「薬品のことを訊いたんだっ」

「劇薬ね。火傷（やけど）する」

「おれと一緒にいた女性の顔に火傷を負わせるつもりだったんだな？」

「わたし、頼まれただけ。さっきの女の人の写真と薬品、渡された」

ムジヒムが苦痛に顔をしかめながら、弱々しい声で言った。

「誰に頼まれた？」

「それ、言えない。イランの男たち、約束守る。それが男の誇りね」

「白状する気がねえなら、てめえを警察に連れてくぜ」

「それ、困る。わたし、オーバーステイね。警察と出入国在留管理庁（イミグレーション）、行きたくない。イランに強制送還されたら、いいことないよ。酒も女も駄目ね。それ、辛（つら）いよ。日本、とっても楽しい。だから、自分の国、帰りたくないね」

「誰に頼まれたのか言わなきゃ、関節を外すぞ」

多門は言って、ムジヒムの肘を逆に反らした。ムジヒムが痛がり、左手で地面を何度も叩く。

「テンカウント数えるまでに口を割らなきゃ、右腕はぶらぶらになっちまうぞ」

「約束破ったら、男じゃなくなるよ」

「どこまで頑張れるかな」

多門はカウントをとりはじめた。八まで数えると、ムジヒムが音を上げた。

「女の人に頼まれた」

「えっ、女だって!?」

「そう。お店によく来る日本人のお客さんね。わたし、上野のペルシャ料理の店で働いてる」

「その彼女の名は?」

「白石翠さん、アメリカの保険会社の日本支社で働いてる女性ね。三十一、二歳だよ」

「その女の住まいは?」

「赤羽あたりに住んでると言ってた。でも、正確なアドレスはわからない」

「連絡は取れるんだな?」

「彼女のスマホのナンバー、わたし、知ってる。頼まれた仕事をちゃんとやったら、二十万円貰えることになってた」

「それじゃ、仕事は完了したと偽って、その白石翠って女を呼び出してもらおう。おまえ、スマホ持ってるか？」

多門は問いかけた。

ムジヒムがうなずき、左手でジャケットのポケットを押さえた。

多門はイラン人を立たせた。右腕を捩じ上げ、ムジヒムのスマートフォンを取り上げる。

「逃げたら、殺すぞ。それから、白石って女に余計なことを喋っても、同じ目に遭わせるからな」

「わかってる。あんた、強い。わたし、逃げない」

ムジヒムが言った。

多門はムジヒムの右腕を自由にしてから、スマートフォンを返した。

ムジヒムがプリウスに半身を突っ込み、ルームランプを灯した。すぐにスマートフォンのアイコンをタップする。

多門はムジヒムの横に立ち、耳を澄ました。

電話が繋がった。

「ムジヒムです」

「………」

「ええ、うまくいったよ。佐久とかいう女社長、転げ回ってた。約束の二十万円、すぐに貰いたい。わたし、どこにでも行くよ」

「………」

「わかった。その店の駐車場に午後十一時半ね。わたし、必ず行く」

通話が終わった。

「待ち合わせの場所は、どこなんだ？」

「赤羽のファミリーレストランね」

ムジヒムが店名を言った。

「金を受け取ったら、おまえは立ち去れ」

「わたし、そうする。レンタカーに乗ってもいい？」

「駄目だ。おまえは、おれの車のトランクの中に潜れ」

「わたし、逃げない。レンタカー、ここに置いてけないよ」

「痛い目に遭いたくなかったら、言われた通りにしろ！」

多門はムジヒムを睨めつけた。

ムジヒムが怯え、二度うなずいた。多門はムジヒムの背を押して、ボルボのそばまで歩かせた。トランクリッドを開け、イラン人を中に横たわらせる。

「ファミリーレストランの駐車場に着いたら、すぐトランクから出してくれるか？　長くここに入ってたら、わたし、窒息しちゃうよ」

ムジヒムが心細そうに言った。

多門は笑って、トランクリッドを閉めた。運転席に入り、ボルボを土手道まで一気に登らせる。まだ十時半を回ったばかりだった。ゆっくりと走っても、赤羽まで三十分はかからない。

多門は戸田橋の袂(たもと)で車を停め、佐久瑞穂のスマートフォンを鳴らした。ツーコールで瑞穂が電話口に出た。

「わたしです」

「その声は遠藤さんね。逃げた男は、どうなりました？」

「荒川の河原で取り押さえました」

多門はムジヒムのことを手短に話した。

「イラン人が、なぜ、あんなことをしたんでしょう？」

「ムジヒムの雇い主は白石翠という女性のようです。その人物に心当たりは？」

「その方は、うちの女性会員です」

「何かトラブルでもありました？」

「いいえ、特にそういったことはありませんけど。白石さんは美しく聡明なキャリアウーマンです。あの彼女が、どうしてわたしにひどいことをさせようとしたのかしら？」

「思い当たることはありませんか？」

「ええ。彼女に恨まれるようなことは何もしていませんので」

「そのあたりのことは、本人に直に訊いてみましょう」

「白石さんにお会いになるおつもりなの!?」

「ええ、ムジヒムを囮にしてね」

「それは危ないわ」

瑞穂が言った。

「相手は女性です。こっちがぶちのめされるようなことはないでしょう」

「しかし、白石さんのバックに誰か男性がいるかもしれないでしょう？」

「それなら、逆に倒してやりますよ。それより、いまはご自宅ですか？」

「いいえ、今夜は帝都ホテルに泊まることにしましたの。自宅にひとりでいるのが怖い気がしてきましたんで」

「そのほうが賢明かもしれませんね。で、ルームナンバーは？」

「えっ⁉」

「あっ、誤解しないでください。夜中に厚かましく部屋に押しかけたりしませんよ。念のため、ルームナンバーをうかがっておいたほうがいいと思っただけなんです」

多門は焦りながら、早口で弁明した。

「部屋は一八〇三号室です」

「明日の出社予定は？」

「九時にはチェックアウトするつもりですけど、わざわざホテルまで来ていただかなくても結構です。おかしな車に尾けられたら、ポルシェでぶっちぎってやります」

「案外、勇ましいんだな」

「子供のころは、かなりのおてんばで、よく男の子を泣かしていました」

「それなら、明日はオフィスのほうに行きましょう」

「あなたがそばにいてくださるのはとても心強いのですけど、いつまでも甘えるわけにはいきません。もうボディーガードは結構です」

瑞穂が言いづらそうに言った。

「さっきも危ない目に遭ったから、まだ安心できないな」

「ええ、でも……」

「目障りじゃなかったら、もう少し用心棒役をやらせてほしいな。とりあえず、これから白石という女性に会ってみますよ。それじゃ、お寝みなさい」

多門は通話を切り上げ、ふたたびボルボを発進させた。

中山道を志村坂上交差点まで戻り、そこから北区をめざす。桐ヶ丘団地と赤羽台団地の間を抜け、赤羽駅の向こう側に出た。

目的のファミリーレストランは北本通りに面していた。

多門はボルボを店の駐車場の奥まった場所に停めた。まだ十一時前だった。多門は車を降り、トランクルームの中からムジヒムを引っ張り出した。イラン人を助手席に坐らせ、自分も運転席に戻った。

「白石という女が現われたら、すぐに教えろ。わかったな?」

「オーケー、オーケー」

「相手におれのことを少しでも喋ったら、必ずおまえを見つけ出してイランに強制送還してもらうからな」

「わたし、日本にずっといたいよ。だから、白石さんには何も言わない。これ、男と男の約束ね」

ムジヒムが片目をつぶった。

多門は顔を逸らし、口を結んだ。二人の間に沈黙が落ちた。

二十分あまり過ぎたころ、駐車場に若草色の軽自動車が入ってきた。その車は、出入口に近い場所に停まった。すぐに三十歳前後の女性が車を降り、走路の際にたたずんだ。

「彼女、白石さんね。わたし、お金貰うよ」

ムジヒムがボルボから出て、小走りに女性に近づいていった。相手はムジヒムに気づくと、軽く手を挙げた。

二人は立ち話をしはじめた。

多門は静かにボルボを降り、さりげなく二人に近づいた。女がムジヒムに白い封筒を差し出した。中身は、謝礼の二十万円だろう。ムジヒムは封筒を受け取ると、素早くジャケットのポケットに突っ込んだ。それから彼は短く何か言い、そそくさと走り去った。

女性が自分の軽自動車の運転席側のドアを開けた。多門は歩み寄って、穏やかに話しかけた。

「失礼ですが、白石翠さんですよね？」

「は、はい」

翠が反射的に答えた。瑞穂が言っていた通り、知的な美人だった。

「いま、ムジヒムに二十万円を渡しましたね？」

「あなたは、どなたなんです？」

「警察じゃないから、安心してもらっていい。白石さん、ムジヒムがすべて喋ったんですよ。あなたは奴にレンタカーのプリウスと稀硫酸の類を与えて、『ハッピーマリッジ』の佐久瑞穂社長に火傷を負わせてくれと依頼しましたね」

多門は言って、ドアを押さえた。もう車の外には出られないだろう。

「わたし、わたし……」

「もう観念したほうがいいな。幸いにも、佐久社長は無傷で済みました」

「それじゃ、ムジヒムが言ってたことは嘘だったのね」

「こっちが奴に嘘をつかせたんだ。そっちに訊きたいことがあったんでね」

「だ、誰なの、あなたは!?」

翠が薄気味悪そうに言った。

「そんなことより、なぜ、佐久瑞穂が憎いんだ？」

「あの女に大金を騙し取られた揚句、自尊心を傷つけられたのよ」

「もっと具体的に話してもらえないか」

「わたし、公立病院の内科医をしてるという男性会員を会で紹介されて、交際しはじめたの。ところが、その男が医療事故を起こしてしまったんです。それで、彼は出世に響くからと患者と示談することになったわけなの。でも、要求された示談金は五千万円という高額だったのよ」

「彼氏だけで工面(くめん)するには重すぎる額だろうな」

「男も同じことを言って、わたしに示談金の不足分を貸してほしいって泣きついてきたの。まだ婚約したわけじゃなかったんで、わたし、どうしたらいいか判断できなかったんです。で、佐久社長に相談したら、いずれドクター夫人になれるんだから、ぜひ助けてあげたらと言われたのよ。それで、わたしは預金をすべて下ろして一千万円貸してあげたの」

「借用証は？」

「将来、結婚する相手だと考えていましたので、借用証は貰いませんでした。だけど、それだけで終わらなかったの。一週間後に、彼はあと五百万円を貸してもらえないかと言ってきたんです」

「それで、どうしたのかな？」

「父と兄に借りて、なんとか五百万円を工面しました。でも、相手の男はドクターなんかじゃなかったの。ギャンブルであちこちに借金をこしらえてたエックス線技師だったんですよ」

「『ハッピーマリッジ』は、男の身許調査をしたはずだがな」

多門は小首を傾げた。

「わたしも会に落ち度があると思ったので、佐久社長に責任を取ってくれって迫ったんですよ」

「そうしたら？」

「あの女は落ち度があったことは認めたものの、金銭の貸借は当事者同士で解決してくれと……」

「彼女がそんなことを言っただなんて、ちょっと信じがたいな。それはそうと、相手の男は借金の返済のために、そっちから千五百万も騙し取ったんだね？」

「ええ、いまは行方をくらましてしまって、どこにいるのかすらわからないの。あの男と佐久瑞穂はきっと結託してたにちがいないわ」

「それはどうかな」

「そうに決まってるわ。佐久社長は責任逃れした上に、わたしが父や兄から借りた五百万円を体で稼いで返したらなんて言ったんですよ」

「売春をやれと言われたって!?」

「ええ。政財界の大物や外国のＶＩＰのエスコートガールになれば、五百万の借金なんか半年で返せると言ったの。最大の侮辱だわ。あの女、絶対に赦せないっ。だから、ムジヒムに頼んで仕返ししたかったのに、火傷一つ負ってないなんて」

翠はステアリングにしがみついて、声をあげて泣きはじめた。白石翠の話が事実だとしたら、瑞穂はとんでもない人間だ。ただ、まだ事実関係がはっきりしたわけではない。美人社長を疑いたくなかった。しかし、彼女は何か後ろ暗いことを隠しているように見受けられる。

多門は暗い気持ちで立ち尽くしていた。

第五章　狡猾（こうかつ）な首謀者

1

一瞬、我が目を疑った。

多門は朝刊の小さな記事を読み返した。自宅マンションのダイニングキッチンだ。

間違いはなかった。記事には、昨夜、秋浜信行が京浜運河の近くで何者かに射殺されたことが書かれていた。記事に添えられた被害者の顔写真も当人のものだった。

多門の胸中を佐久瑞穂の顔が鳥影（ちょうえい）のように過（よ）ぎった。

美人社長が殺し屋（プロ）に秋浜を始末させたのだろうか。

そうは考えたくなかったが、これまでの経緯から、その疑いは拭えない。昨夜、ファミリーレストランの駐車場で白石翠が語った話が頭から離れなかった。

もちろん、翠の話を鵜呑(うの)みにする気はない。

ただ、頭から彼女の話を被害妄想の産物と極(き)めつける自信もない。パーティー会場でチコが集めてくれた情報にも少し引っかかっている。

多門は溜息をついて、食べかけのフランスパンを齧(かじ)った。

午前八時四十分過ぎだった。瑞穂は九時にはチェックアウトすると言っていた。あまりのんびりとはしていられない。

多門は、冷めかけた即席のポタージュを喉に流し込んだ。

カップをテーブルに置いたとき、部屋のインターフォンが鳴った。多門はダイニングテーブルから離れ、玄関に急いだ。

来訪者は杉浦だった。きょうは珍しくネクタイを締めている。

「杉さん、めかし込んでるじゃないか。どうしたんだい？」

「うちの眠り姫に会いに行こうと思ってんだよ」

「ああ、奥さんのとこに行くのか。病院、郊外だったもんな」

「病院に行く前に、集金に寄ったわけよ」

「そうか、悪い！　まだ約束の謝礼を渡してなかったんだね」

「百万貰いたいんだよ」

「すぐ、払う。とにかく、入ってくれないか」

「いや、玄関先で失礼すらあ」

「それなら、いま金を持ってくる」

多門は寝室に走り入り、ナイトテーブルの引き出しを開けた。帯封の掛かった百万円の束を摑み、すぐ玄関ホールに戻る。

「すまねえな、いつも」

「こっちこそ、杉さんには世話になってるんだ。遠慮なく受け取ってよ」

「それじゃ、ありがたく頂戴しよう」

杉浦が両手で札束を受け取り、上着の内ポケットに収めた。

「たまには、奥さんの病室に花でも飾ってやらないとな。杉さん、ちょっと待っててくれないか。いま、花を買う銭を取ってくる」

「クマ、いいんだよ。その気持ちだけ貰っとかあ」

「しかしな」

「どうせ女房は花も見えねえんだから、いいんだってば。それより、クマ、どっかの女に調子のいいことを言ったんじゃねえのか」

「えっ、なんの話？」

「マンションの前にいた女が、地下駐車場でクマのボルボをしきりに覗き込んでたぜ」

「どんな女だった？」

多門は問いかけた。

「二十七、八か、もうちょい上かな。割に、いい女だったよ」

「誰だろう？」

「とぼけやがって。思い当たる女がいるんだろうが。クマの女好きは死ぬまで治らねえだろうが、ほどほどにしねえとな」

杉浦がにやつきながら、そう言った。

佐久瑞穂が自分の素姓を怪しみはじめているのか。あるいは、智恵が塒（ねぐら）を突き止めたのだろうか。

「こないだの電話で、『シャイニング』の当間社長はシロだと言ってたが、女探偵の永瀬麻理子と写真家の森菜々の事件（ヤマ）に『ハッピーマリッジ』は絡（から）んでたのか？」

「そいつが依然としてはっきりしないんだが、小さな疑惑は幾つかあるんだ」

多門はそう前置きして、経過をかいつまんで喋った。

「女社長の命を狙ってた秋浜って男が殺（や）られたんなら、疑ってみるべきだな。佐久瑞穂は何かダーティー・ビジネスをやってるんじゃねえのか？」

「あの瑞穂が汚えことをやってるとは思えないんだ」

「思えないんじゃなくて、そう思いたくねえんだろ？　クマ、私情を挟んじゃ、見えるものも見えてこねえぞ」

「それはわかってるんだが……」

「赤坂署と麻布署にそれとなく探りを入れてみたんだが、どっちも捜査は暗礁に乗り上げたままみてえだな」

「そう」

「クマ、ありがとよ。それじゃ、眠り姫のご機嫌をうかがいに行ってくらあ」

杉浦が糸のような目を一段と細め、引き揚げていった。

多門は外出の準備を整えた。ほどなく部屋を出て、ボルボに乗り込む。

マンションの周辺に気になる女性の姿はなかった。マイカーを覗き込んでいたのは、いったい誰だったのか。

多門は北青山に向かった。数十分で、目的地に着く。

白い洋館の斜め前に路上駐車をし、『ハッピーマリッジ』の駐車場に目をやった。黄色いポルシェは見当たらなかった。

多門は煙草に火を点けた。

一服し終えたとき、前方からレモンイエローのポルシェが走ってきた。瑞穂は鮮やかなハンドル捌きで、車を尻から駐車場に入れた。多門はボルボから出て、ポルシェのそばまで歩いた。

「昨夜はありがとうございました」

車を降りた瑞穂が深々と頭を下げた。

「どういたしまして。それより、少し目が赤いな。あまり眠れなかったようだね？」

「ええ、なんだか寝つかれなくて。明け方になって、ようやく眠りに入ったんです。そのせいで、朝寝坊してしまいました。それで、車をすっ飛ばして出社したんですよ」

「それじゃ、まだご存じないだろうな。昨夜、秋浜信行が京浜運河の近くで何者かに射殺されました」

多門は言った。

「ええっ⁉　本当ですか？」

「間違いないでしょう。その事件のことは、今朝の新聞に載ってましたんでね」

「驚いたわ」

瑞穂が呟いた。

多門は瑞穂の顔をまじまじと見た。演技をしている顔つきではなかった。心底、びっくりした様子だ。

「これで、もう秋浜に襲われる心配はなくなったわけだ」

「そうですね。でも、白石翠さんに逆恨みされてるようだから、なんだか落ち着かないわ。そういえば、彼女は罪を認めました？」

「ええ、ムジヒムを二十万円で雇ったことを白状しました。それから、あなたを憎んでいることも認めましたよ」

多門はそう前置きし、翠が喋ったことを何もかも明かした。

「それで、白石さんのことはどうされたんです。警察に突き出したのかしら？」

「いや、見逃してやりました。まずかったかな？」

「いいえ、そこまでやっていただかなくても結構です」

「彼女の言ったことは、どうなんです？」

「白石さんは誤解してたんですよ。ご紹介した男性が偽ドクターだったことについては全面的にこちら側に非がありますので、誠意を込めて謝罪いたしました」

「そうですか」

「ただ、金銭の貸し借りについては当事者二人の問題なので、会で責任は負えないとはっきり申し上げました」

「将来、ドクター夫人になれるだろうから、相手の男に金を貸してあげたらと白石翠に言ったそうですが、その点についてはどうです？」

「わたし、お金を貸してあげたらなんて言い方はしていません。親身になって相談に乗ってあげたらどうかと申し上げただけです。相手の男性会員とわたしが結託して、千五百万円を騙し取ったのではないかと疑うなんて、ひどいわ。それに政財界の大物や外国のＶＩＰのエスコートガールにならないかと誘ったなんて話は、まったくのでたらめです」

「こっちはあなたの言葉を信じるが、双方の言い分がだいぶ違うな。なんだって、そんなに喰い違ってるんだろうか」

「エスコートガール云々に関しては、少し思い当たる節があります」

瑞穂が言った。

「話してもらえますか？」

「はい。わたし、白石さんに『体を張るような気持ちで逞しく働けば、親兄弟に借りた五百万円ぐらい必ず返せますよ』と言ったんです」

「それは、ちょっと誤解を招く言い方だね。そそっかしい人間なら、体で稼げと言われたと思うかもしれない」

「確かに、不適切な言い方だったんでしょう。その点については、謝罪すべきだと思っています。ですけど、そのほかのことは根も葉もないデマです。白石さんがあちこちで、そんなことを言い触らすようなら、名誉毀損で訴えます」

「くどいようだが、あなたの言葉を信じます」

多門は言って、ほほえんだ。

「白石さんがそんなふうに誤解してるんだったら、また誰かに襲われるかもしれないですね」

「そのときは、絶対にあなたを護り抜きます。外回りをするときは、必ず声をかけてください」

「あなたには、ご迷惑のかけ通しね。でも、ノーガードで外回りをするのはちょっと怖くなってきました。ご迷惑ついでといってては何ですけど、ガードをお願いできます？」

「喜んで、あなたの番犬になりますよ」

「それでは、改めてよろしくお願いします。昼食、どこかで一緒に摂りましょうね」

瑞穂がそう言って、自分の会社に駆けていった。

多門は車の中に戻った。洋館に近づく人間に必ず注意を払ったが、不審な人物は目に留まらなかった。

瑞穂がオフィスから姿を見せたのは午後一時ごろだった。

多門は瑞穂に誘われ、昼食を共にする気になった。案内されたイタリアン・レストランは、青山通りから少し奥に入った場所にあった。

二人は奥のテーブル席に着き、南イタリア地方の田舎料理とワインを注文した。

テーブルは、あまり大きくなかった。前屈みになれば、顔と顔はぐっと接近する。

多門は気分が浮き立ちはじめた。

前菜とワインが運ばれてきた。二人はイタリアン・ワインで乾杯した。話が弾んだ。瑞穂は話題が豊富だった。二人は談笑しながら、ボリュームたっぷりのパスタ料理を食べはじめた。健啖家の多門は、瑞穂の残した料理も平らげた。

やがて、食事が終わった。

多門は二人分の勘定を払う気でいた。だが、瑞穂がそれをさせてくれなかった。きまりが悪かったが、素直に奢られることにした。

二人は春の陽射しを浴びながら、『ハッピーマリッジ』まで歩いて戻った。

「また、後でね」

瑞穂は少女のように手をひらひらさせ、オフィスの中に消えた。彼女が、悪いことなどできるわけがない。

多門はボルボの運転席に入った。カーラジオのスイッチを入れ、チューナーをAFNに合わせた。

ビリー・ジョエルのヒットナンバーが流れてきた。甘ったるいラブソングだった。多門はシートに深く凭（もた）れ、軽音楽に耳を傾けはじめた。

瑞穂がふたたびオフィスから現われたのは、三時過ぎだった。

美人社長がボルボに歩み寄ってくる。多門はラジオのスイッチを切り、パワーウインドーのシールドを下げた。

「出かけるんですね」

「ええ、急に新宿で会員の方とお目にかかることになったんですよ。会う相手は若い女性会員なんですけど、念のために一緒に来ていただけます？」

「お供（とも）しましょう」

「いやだわ、お供なんて言い方は」

瑞穂が多門を甘く睨（にら）んで、自分のポルシェに乗り込んだ。多門は坐り直した。

ポルシェが先に走りはじめた。多門は、瑞穂の車のすぐ後ろにボルボをつけた。

黄色いドイツ車は神宮外苑の横を走り抜けると、大京町を通って新宿通りを突っ切った。愛住町（あいずみちょう）の外れから、靖国（やすくに）通りに入った。

やがて、瑞穂の車は西武新宿駅の並びにあるシティホテルの地下駐車場に潜（もぐ）り込んだ。多門はポルシェの近くにボルボを駐め、瑞穂と一階のロビーに上がった。

「あそこで会員の方と会うことになってるんです」

瑞穂が奥の喫茶室を指さした。

「約束の時間は？」

「三時半です。あなたも近くの席でコーヒーでもいかが？」

「こっちは店の外にいます。仕切りガラスは素通しだから、何かあれば、すぐに店内に飛び込めるでしょう」

多門は言った。

瑞穂が納得し、喫茶室の中に入っていった。多門はロビーの浮き彫り円柱の陰に身を寄せ、喫茶室の中を覗き込んだ。瑞穂が坐ったテーブル席には、なんとチコがいた。サーモンピンクのスーツに身を包み、きれいに化粧をしている。

チコは美人社長に探りを入れる気になったらしい。

そうではなく、瑞穂がチコの身分証明書か住民票に何か不審な点を見つけ、新入会員の身許を再確認する気になったのだろうか。

どちらなのか。多門は、早くそれを知りたくなった。

だが、喫茶室の客は疎らだった。自分が喫茶室に入ったら、チコはポーカーフェイスではいられないだろう。

多門はロビーの隅のソファに腰かけ、新聞を読む振りをはじめた。

瑞穂とチコが喫茶室から出てきたのは四時十五分ごろだった。チコは瑞穂に一礼し、表玄関から出ていった。

多門はソファから立ち上がり、瑞穂に近寄った。

「少しメイクが濃いようだが、人目を惹(ひ)く美人ですね?」

「ええ、そうでしょ? それで、うちの会のパンフレットに彼女の顔写真をイメージ・フォトとして使わせてもらおうと思ったんだけど、即座には引き受けてもらえなかったの。少し考えさせてほしいって……」

「そうですか」

「なんだか調子が出ないわ、きょうは。寝不足のせいかしら?」

「仕事は社員の方たちに任せて、自宅で寝(やす)まれたら?」

「こんな早い時間に眠れるかしら?」

「少し酒を飲めば、多分、眠れるでしょ?」

「でも、明るいうちに女ひとりで寝酒を呷(あお)るというのも侘(わび)しい感じだわ」

「こっちが相手でもよければ、お酒、つき合いますよ」

「それじゃ、わたしの部屋で酒盛りをしましょうか」

瑞穂が言葉に節(ふし)をつけて言った。

思わず多門は、瑞穂の整った顔を直観した。真顔(まがお)だった。

相手の気が変わらないうちに、早く車に乗り込もう。多門は瑞穂を促(うなが)し、地下駐車場に降りた。ポルシェに先導され、西原に向かう。自宅マンションに着くと、瑞穂が遠隔操作器(リモート・コントローラー)を使って地下駐車場のオートシャッターを開けた。

多門はポルシェにつづいて、ボルボを地下駐車場に入れた。瑞穂が来客用のカースペースを教えてくれた。多門は、その場所にマイカーを駐(と)めた。

二人はエレベーターで七階に上がった。

七〇一号室は2LDKだった。しかし、専有面積はかなり広かった。

多門は、外国製らしいリビングソファに坐らされた。

家具や調度品は、いかにも高価そうな物ばかりだった。少し待つと、瑞穂がブランデーと数種類のオードブルを運んできた。

「いい部屋ですね。しがない週刊誌の特約記者じゃ、一生、こんなマンションには住めそうもないな」

多門はそう言って、煙草をくわえた。

瑞穂が曖昧(あいまい)に笑い、二つのチューリップグラスに琥珀(こはく)色の液体を注いだ。フランス産の最高級ブランデーだった。オードブル皿には、キャビア、鴨肉のパテ、ブルーチーズなどが盛られている。

二人は向かい合って、ブランデーを飲みはじめた。多門は先に口を開いた。

「アルコールは、かなりイケるんでしょ？」

「そうでもないんです」

「しかし、昼間ワインを飲んでも赤くならなかったな」

「顔には出ない体質なんですけど、それほど強くないんですよ。急に酔ったりするから、セーブしないと」

「眠くなるまで、どんどん飲まなきゃ、寝酒にならないでしょ？」

「わたしを酔わせて、どうするおつもりなの？」

瑞穂がブランデーを含んで、流し目をくれた。ぞくりとするほど色っぽかった。

たくさん飲ませれば、口説くチャンスがあるかもしれない。

多門はハイピッチでグラスを重ねた。

それに釣られる恰好(かっこう)で、瑞穂もブランデーを呷(あお)った。四杯目を飲み干すと、急に彼女は息を弾ませはじめた。

「少し飲みすぎたみたい。心臓が烈(はげ)しく脈打って、目も回りはじめた感じだわ」

「なら、少し横になったほうがいいな」

多門は立ち上がって、瑞穂を抱え上げた。

一瞬、瑞穂は身を硬くした。だが、何も言わなかった。

多門は美人社長を両腕で横抱きにして、奥の寝室に向かった。

十畳ほどの洋室は暗かった。多門は電灯のスイッチを入れた。寝室の中央に、セミダブルのベッドが置かれている。

多門は瑞穂の柔らかな体を片腕で支え、もう一方の手でベッドカバーと羽毛蒲団(うもうぶとん)を大きく捲(めく)った。瑞穂を仰向けに寝かせる。折り曲げた腰を伸ばそうとしたとき、多門の太い腕に瑞穂の両手が掛かった。二人の視線が熱く交わる。

多門は唇を重ねた。

瑞穂が熱っぽく舌を絡めてくる。多門はベッドに横たわり、改めて瑞穂の唇を吸いつけた。欲望が荒々しくめざめる。

瑞穂は喉の奥で、何度もなまめかしく呻いた。喘(あえ)ぎ声も悩ましかった。

多門は唇をさまよわせながら、瑞穂の衣服を一枚ずつ脱がせていった。薄紙を剝(は)ぐような気持ちで、丁寧(ていねい)に脱がせる。

瑞穂の裸身は神々しいほど美しかった。乳房はたわわに実り、ウエストはぐっとくびれている。下腹の翳りは淡く煙っていた。腿には、ほどよく肉が付いていた。肌も白い。

多門はいったん身を起こし、手早く裸になった。

男根は角笛のように反り返っている。瑞穂が昂まりを見て、驚きの声を小さく洩らした。

多門は斜めに胸を重ね、心を込めて柔肌を撫ではじめた。

じきに瑞穂の呼吸が乱れた。やがて、多門は瑞穂の秘めやかな亀裂に指を這わせた。

意外にも、体の芯はあまり潤んでいなかった。

多門はベーシストのように指を躍らせた。

三分も経たないうちに、瑞穂はエクスタシーに達した。

愉悦の声は煽情的だった。裸身の震えを眺めているうちに、多門は抑制が利かなくなった。めったにないことだった。それだけ、瑞穂の乱れ様に欲情をそそられたのだろう。彼女に対する疑念は小さくなっていた。

多門は猛り立ったペニスを浅く埋めた。

と、瑞穂が慌てて言った。

「待って」

「どうしたの？」

「わたし、ノーマルなセックスじゃ、燃え上がれないんです」

「え？　まさかマゾっ気が……」

さすがに多門は言い澱(よど)んだ。

瑞穂が恥じらいながら、小さくうなずいた。

「驚いたな」

「わたしを革紐(かわひも)で後ろ手に縛(しば)って、レイプするように抱いてほしいの。そうされないと、たてつづけにはエクスタシーに達せないんです」

「弱ったな。こっちは、すべての女性を観音さまのように思ってる。手荒なプレイなんて、とてもできない」

「女に恥をかかせないで。ね、お願い！」

「抵抗があるが、きみがそうされることを望むなら、協力するよ」

多門は腰を引いた。

瑞穂が礼を言い、ベッドから滑り降りた。生まれたままの姿で、ウォークイン・クローゼットの中に駆け込んだ。

妙な展開になってきた。多門はシーツに坐り込んだ。美人社長のリクエストを訝(いぶか)しく思いながらも、それを拒むことはできなかった。それだけ彼女に惹(ひ)かれてしまったのだろう。

待つほどもなく瑞穂が戻ってきた。手にしているのは、黒革の紐だけではなかった。銀色に光る太い鎖と粘着テープも握りしめていた。

2

罪悪感が消えない。

多門は頭を掻き毟って、大声を張り上げた。

自宅のベッドの上だった。多門は仰向けになって、天井を見つめていた。

午前十一時前だった。前夜の淫蕩な情景が脳裏にこびりついて離れない。何度も頭を振ったが、瑞穂の淫らな残像は消えなかった。

多門は瑞穂に哀願され、渋々、彼女の両手を腰の後ろで縛った。革紐は、わざと緩く結んだ。

瑞穂はそのことを指摘し、多門に縛めをきつく結び直させた。

多門は辛かった。これまでは、女体を芸術品のように扱ってきた。自分が下劣な男に成り下がってしまったという思いにさいなまれた。

瑞穂は口を布製の粘着テープで塞ぐことも要求した。多門は不本意ながらも、協力せざるを得なかった。

瑞穂は、次に自分の首に太い鎖を巻きつけることを求めてきた。さすがに、多門はためらった。だが、やはり瑞穂に押し切られることになってしまった。

多門は本気で苦悩した。

瑞穂は枕に顔を埋めると、白い尻を高く突き出した。しかし、多門の体はいつの間にか、萎えていた。それを見て取った瑞穂は、まるで変質者に犯されかけているように、自らもがきはじめた。形のいいヒップが振られ、豊満な乳房がゆさゆさと揺れた。

多門の体は、たちまち反応した。

気持ちとは裏腹に歪な欲望が募った。無意識に荒々しく体を繋いでいた。

瑞穂は全身で暴れながら、くぐもり声で何か訴えた。鎖の両端を握って、首を絞めつけてほしいとせがんでいるようだった。

多門は迷いながらも、瑞穂の望みを叶えてやった。

そのとたん、瑞穂は一段と烈しく抗いはじめた。彼女は自分が辱しめられている姿を想像して、マゾヒスティックな快感を味わっているらしかった。

瑞穂の動きにつれ、多門の分身は捩じられた。

煽られつづけているうちに、ひとりでに律動を速めていた。いつものように、コントロールすることは不可能だった。多門は勢いよく放った。

瑞穂の体はだいぶ潤んでいたが、エクスタシーには達しなかった。

多門は結合したまま、敏感な突起に指を添えた。優しく刺激する。瑞穂もゴールインさせたかったのだ。しかし、彼女はそれを強く拒んだ。

多門は体を離し、素早く鎖をほどいた。粘着テープも剥がし、革紐を解く。

瑞穂は別人のように冷ややかな態度を見せた。

多門は戸惑いながら、手早く身繕いをした。瑞穂は、ほとんど口をきかなかった。多門は気まずさに耐えきれなくなって、そそくさと辞去した。

自然に車は渋谷の『紫乃』に向かっていた。馴染みの店で深夜まで飲み、暗い気持ちで帰宅した。ベッドに入っても、容易には寝つけなかった。

自分が一方的なセックスをしたので、瑞穂は不機嫌になったのだろう。もう少し抑えて、彼女と一緒に果てるべきだった。

多門は上体を起こした。

ベッドを降り、ダイニングキッチンに移る。コップで水を飲みかけたとき、部屋のインターフォンが鳴った。車のセールスマンか誰かだろう。

多門は居留守を使う気になった。

少し経つと、玄関のドアを叩く音がした。ドア越しに響いてきたのはチコの声だった。

「クマさん、開けてちょうだい」

「待ってな」

多門は水の入ったコップをシンクに置き、パジャマ姿で玄関に急いだ。ドアを開けると、チコが玄関に入ってきた。化粧っ気がない。

「後でチコに電話しようと思ってたんだ。おめえ、きのうの午後三時半ごろ、新宿のホテルの喫茶室で『ハッピーマリッジ』の佐久社長と会ってたな？」

「なんでクマさんが知ってんの!?」

「おれはあのとき、ホテルのロビーにいたんだよ。瑞穂のボディーガードとして、付き添ってたんだ」

「そうだったの。クマさん、佐久瑞穂は相当な女狐(めぎつね)よ」

「どういうことなんだよ。喫茶室で、なんの話をしてたんだ？」

「奥で話すわ」

「もったいつけやがって」

多門はチコの頭を小突き、ダイニングキッチンに戻った。チコは椅子に腰かけるなり、ハンドバッグからＩＣレコーダーを取り出した。

「きのうの会話をこっそり録音したらしいな」

「そうなの。とりあえず、録音音声を聴いてちょうだい。そうしたら、瑞穂が相当な悪女だってことがわかるから」

「てめえ、殺すぞ。おれは、彼女を信じてるんだ」

多門は喚き散らし、チコと向かい合う位置に坐った。

チコがICレコーダーの再生スイッチを押す。すぐに瑞穂の声が響いてきた。

――お呼びたてして、ごめんなさいね。

――いいえ、どういたしまして。それで、ご用件は？

――あなた、とってもきれいね。それに、すごくセクシーだわ。大勢の男性を惑わせてきたんじゃない？

――ま、そこそこに。

――実はね、ちょっとしたお願いがあるの。うちの会の特別会員になっていただけないかしら？　特別会員になると、すべてのお見合いパーティーはフリーパスになるのよ。

――そんな特典があるんですか。わたし、知らなかったわ。入会のとき、そういう話はまったくうかがわなかったもの。

――でしょうね。特別会員制度は、実は公式なものじゃないの。一般の女性会員は、よく知らないと思います。

――何か特別な資格が必要なんでしょ？

――あなた、語学は得意なの？

――学校の勉強は全科目、駄目だったわ。英語も中学生程度の単語しか知らないの。フランス語やドイツ語となると、挨拶の言葉すらわからないわ。

――ちょっと待って。確かあなたは、聖美女子大のフランス語学科を卒業されたんでしたわよね？

――ええ、一応ね。でも、裏口入学だったんですよ。在学中も試験はいつもカンニングで、なんとか〝可〟を貰ってたの。フランス語でわかるのは〝愛してる(ジュ・テーム)〟ぐらいね。

――面白い方だわ。そんなふうにおっしゃってるけど、実はフランス語がお上手なんでしょ？

――ううん、ほんとに語学はさっぱりなの。

――語学力はなくても、それほど問題はないと思うわ。それより、あなたは大人の男性たちに興味はない？

――大人の男性たちって？

――具体的に申し上げると、政財界で功成(こうな)り名遂(なと)げた方々とか、実質的に日本の舵(かじ)取りをしている高級官僚といった殿方たちね。それから、外国のＶＩＰとか。

――権力を握ってる男たちは案外、孤独らしいわね？　年配の男性の外見にはまったく惹かれないけど、内面的な悩みなんかには関心あります。

――そう。なら、そういう方たちのエスコートガールをやってみない？

――エスコートガールって、秘書みたいなもの？

――ええ、秘書的な存在でもあるわね。各界で成功された男性たちは激務をこなして、大変なストレスを溜め込んでる。

――ええ、そうでしょうね。なんとなくわかるわ。

――そんな大物たちを心身共にリラックスさせるのがエスコートガールのお仕事なの。一日二十四時間お仕えすれば、最低五十万円のギャラを手にできるのよ。若い女性がそれだけ稼げる仕事は、そう多くないんじゃない？

――報酬は文句なしね。でも、それって、ちょっと危ない仕事なんでしょ？　一日中、相手の男性にべったり寄り添うってことは、ベッドも共にしなければならないわけよね？

――お若いのに、ずいぶん古風なんだ。感情を伴わないセックスなんて、スポーツと同じでしょ？　もちろん、妊娠や性病は怖いわよね。でも、その不安さえなければ、どうってことはないんじゃない？

——ま、そうね。

——その点も心配はいらないの。お相手の男性たちは全員おかしな病気にはかかってないし、行為のときには必ずスキンを使用する約束になってるのよ。

——それって、早く言えば、売春よね？　やっぱり、抵抗あるわ。

——いまや女子中・高生が〝パパ活〟で、月に三十万も四十万も稼いでる時代よ。彼女たちみたいにドライに割り切って、若いうちにたくさん稼いで、結婚しても自由に遣えるお金を持ってたほうがいいんじゃない？

——でも……。

——時期をみて、うちのエリート男性会員と必ず結婚させてあげるわ。いま特別会員の女性は十人ぐらいいるんだけど、まだまだメンバーが足りないのよ。それで、あなたをお誘いしたわけなの。ね、どう？

——お金は欲しいけど、自分の父親のような男に抱かれるなんて厭だな。

——年配の殿方たちは女性の性感帯を識り抜いてるから、ベッドでいい思いをさせてくれるはずよ。若い男たちみたいに身勝手なセックスをするなんてことは、絶対にないわ。あなたがエスコートガールになってくれるんだったら、支度金としてキャッシュで百万円差し上げます。必要なら、ギャラの前渡しもオーケーよ。

——急にそう言われても、すぐに返事はできないわ。

——ええ、即答は無理よね。決心がついたら、連絡して。そのときに支度金をお渡しするわ。いいご返事を待ってます。

短い沈黙があり、チコと瑞穂は雑談を交わしはじめた。

「音声を停めてくれ」

多門はチコに声をかけた。泣きたいような気持ちだった。

チコがICレコーダーの停止ボタンを押す。音声が途絶えた。

「女社長は高級コールガールの斡旋を裏ビジネスにしてたのよ。殺された森菜々という写真家は永瀬とかって女探偵から裏ビジネスのことを聞いて、佐久瑞穂から口止め料を脅し取ろうとしたんじゃない？　それだから、写真家と永瀬麻理子は消されちゃったんだと思うわ」

「悪い夢を見てるみてえだ」

多門は呻くように言って、ロングピースをくわえた。ライターを持つ手が小さく震えた。ショックのせいだった。

録音音声の内容から、もはや瑞穂が同性の会員たちに売春を強いていることは疑いの余地がない。なぜ、同性を喰いものにしているのだろうか。金銭に執着する理由は何なのか。かって瑞穂は、芸能界に身を置いていたことがあると洩らしていた。

その時代に、人生観が変わるような苛酷な体験を味わわされたのだろうか。そうなのかもしれない。その不幸な過去が、いつしか瑞穂を金だけしか信じられない人間にしてしまったのだろう。

すべての女性を信じている多門は驚きこそしたが、瑞穂に嫌悪や軽蔑は感じなかった。それどころか、何かによって生き方を変えさせられた彼女に同情さえ覚えた。

いったい瑞穂の過去に何があったのか。多門は、それを直に問い質してみたかった。

「クマさん、どうする？」

「その録音音声入ってるＩＣレコーダー、おれに貸してくれねえか」

「いいわよ」

チコがＩＣレコーダーを渡した。

「おめえ、エスコートガールになる決心がついたって嘘ついて、佐久瑞穂をどこかに誘き出してくれや」

「彼女を痛めつけるのね？」

「女に手荒なことなんかしねえよ。瑞穂に訊きたいことがあるんだ。おそらく彼女は、誰かに利用されてんだろう」

多門は、なおも美人社長を庇った。

瑞穂が背後の人間に操られているのだとしたら、昨夜の奇妙な出来事は仕組まれた罠(わな)だったにちがいない。彼女が要求したことはいかにも唐突だったし、不自然でもあった。情事直後の強張(こわば)った表情も、ふだんと違いすぎた。

寝室のどこかに、ＣＣＤカメラが隠されていたのではないか。隠し撮りの目的は、多門を暴行犯か異常性愛者に仕立てることだったのだろう。

その映像を切札にして、敵は多門を瑞穂から遠ざけようと企(たくら)んでいるのではないのか。女性の瑞穂が、ああいった罠を思いついたとは考えにくい。おそらく、多門を陥れることを考えたのは黒幕の男だろう。そいつは、いったい何者なのか。

「いま、女社長に電話をしてもいい？」

「ああ。どこか人目のつかない場所に瑞穂を呼び出してもらいてえんだ」

「カラオケ店なんかはどう？」

「悪くねえな」

「それじゃ、うまく誘き出すわ」

チコがウインクし、ハンドバッグからスマートフォンと女物の名刺入れを取り出した。抓(つま)み出した瑞穂の名刺には、会社の代表番号のほかにスマートフォンのナンバーも印刷されていた。

多門は煙草の火を揉み消し、おもむろに立ち上がった。ベランダのサッシ戸に歩み寄り、外の景色をぼんやりと眺めた。閑静な住宅街を取り囲むように、オフィスビルが林立している。空はスモッグで霞んでいた。

チコが瑞穂のスマートフォンを鳴らした。多門はダイニングテーブルのある場所に戻った。

遣り取りは短かった。

「うまくいったようだな」

「ええ、上々よ。カラオケ店で会いたいと言ったら、女社長、赤坂の一ツ木通りの『エコー』って店に午後二時に来てほしいって。店には予約の電話を入れといてくれるって言ってたわ」

「そうか。チコが彼女と話してる最中に、おれはボックスに踏み込む。そうしたら、そっちは黙って消えてくれ」

「わかったわ。それはそうと、クマさん、朝から何も食べてないんじゃない？」

「ああ。何か出前をしてもらうか」

「出前の食事じゃ、栄養が偏っちゃうわ。あたしがあり合わせの物で、何かおいしい料理をこしらえてあげる」

チコが腰を浮かせ、冷蔵庫の中を覗き込んだ。

多門は好きなようにさせておいた。ろくな食材はなかったが、チコは器用に五品の料理を手早く作った。パックのライスを三人分レンジで温め、若布の味噌汁をこしらえた。

「あたしは食欲がないから、クマさん、全部食べちゃって」

チコは食事の用意をすると、緑茶だけを啜った。

多門はぶっきら棒に礼を言い、ダイナミックに食べはじめた。手料理は、どれもうまかった。

「クマさん、味はどう？」

「うめえよ」

「なら、あたしと一緒に暮らさない？　あたし、いい妻になると思うわよ」

「げっ！」

「冗談よ」

チコが、さもおかしそうに笑った。

二人は、ひとしきりジョークの応酬を愉しんだ。部屋を出たのは午後一時十五分ごろだった。

二十分そこそこで、瑞穂の指定したカラオケ店に着いた。八階建ての雑居ビルの三階にあった。多門はビルの前でチコを降ろし、ボルボを裏通りに停めた。一ツ木通りからは見えない場所だった。

多門は煙草を吹かしながら、時間を稼いだ。

二時十五分になって、車を出た。大股で一ツ木通りまで歩く。雑居ビルの前に、レモンイエローのポルシェは見当たらない。瑞穂は近くの有料駐車場にポルシェを預けたのだろうか。

多門は雑居ビルに入り、エレベーターで三階に上がった。ホールに接して、カラオケ店の受付カウンターがあった。

「連れが先に入ってるんだ」

多門は店の若い男に言って、急ぎ足で奥に進んだ。左右に六室ずつボックスが並んでいる。

チコは左側の四番目のボックスの中にいた。瑞穂の姿はなかった。

多門はボックスの扉を開けた。

「瑞穂から何か連絡は？」

「ううん、何もないわ。もうじき来るんじゃない？　彼女が現われたら、あたし、トイレに立つ振りして、スマホでこっそりクマさんに連絡するわよ」

チコが言った。

多門は黙ってうなずき、カラオケ店を出た。すぐにボルボに引き返す。スマートフォンが鳴ったのは、ちょうど二時半だった。チコからの連絡だろう。

「やっと現われたか？」

「いくら待っても、佐久瑞穂は『エコー』には姿を見せないよ」

中年男の聞き取りにくい声が告げた。受話器にハンカチを被せて喋っているのだろう。あるいは、口に何か含んでいるのか。

「誰なんだ、てめえは！」

「瑞穂の知人さ。きみの本名は多門剛だね。自称遠藤肇さん、もう少しうまく週刊誌の特約記者に化けるんだったな」

「てめえが佐久瑞穂の後ろ楯ってわけか」

「好きなように想像してくれ。きみに忠告しておく。『ハッピーマリッジ』のことをいつまでも嗅ぎ回ってると、瑞穂はきみをレイプ犯として警察に親告することになるよ。彼女の寝室には、ＣＣＤカメラがセットしてあったのさ。昨夜の淫らなシーンは、ばっちり映ってたよ」

「やっぱり、そうだったか。てめえの入れ知恵だなっ」

「まあね。命を大事にするんだな」

電話が切られた。忌々しかったが、どうすることもできない。

「くそったれ！」

多門は悪態をついた。

3

耳の奥がむず痒くなった。

何時間も耳栓型のイヤフォンを嵌めていたせいだろう。膝の上のＦＭ受信機も汗で濡れている。掌も汗塗れだった。

多門はイヤフォンをいったん外して、浅く埋め直した。

ボルボの運転席だ。車は『ハッピーマリッジ』から数百メートル離れた裏通りに駐めてあった。

瑞穂を赤坂のカラオケ店に誘き出すことに失敗したのは三日前である。

彼女の後ろ楯らしき男からの脅迫電話を受けた後、多門はすぐ『ハッピーマリッジ』に車を走らせた。だが、瑞穂はまだ出社していなかった。自宅マンションに急行してみたが、そこにも彼女はいなかった。

ほとぼりが冷めるまで、しばらく瑞穂はどこかに身を潜める気になったのだろう。そして、そこから電話で社員に仕事の指示を与えているのではないか。

多門はそう推測し、深夜に『ハッピーマリッジ』の電話引き込み線に高性能の超小型盗聴器を仕掛けた。

翌朝から白い洋館の近くに張り込んできたが、瑞穂は自分の会社に一度も電話をかけてこない。多分、オンラインで社員たちに仕事の指示を与えているのだろう。

そのことを確かめたかったが、まさかオフィスにのこのこと入るわけにはいかない。偽電話で探りを入れるのもリスキーだ。やむなく多門は、辛抱強くＦＭ受信機のイヤフォンを耳に当ててきたのである。

むろん、それだけではなかった。きのうの朝から、杉浦に瑞穂の行方を追ってもらっていた。

杉浦は瑞穂の実家が都内にあることを調べ上げ、さっそく親の家を訪れた。

しかし、そこにも瑞穂はいなかった。何年も前から、彼女は親許には寄りつかなくなっていたという。

それでも、杉浦の訪問は無駄ではなかった。

身内の話から、瑞穂のこれまでの過去が明らかになった。彼女は高校二年生のときに親の反対を押し切って、芸能界入りした。

瑞穂は女優をめざしていたが、なかなか芽が出なかった。二十歳になって、初めてテレビドラマに出演した。しかし、端役も端役だった。その後も、似たような役しか回ってこなかった。

出演料だけでは、とても生計は立てられない。瑞穂は銀座や赤坂のクラブでヘルプをやりながら、夢を追いつづけた。

だが、いくら待っても大きなチャンスは巡ってこなかった。焦った瑞穂は大物男優やテレビプロデューサーに取り入り、なんとか飛躍のきっかけを摑もうとした。しかし、それもうまくいかなかった。おそらく、男たちに体を弄ばれただけだったのだろう。

やがて、瑞穂はＡＶに出演するようになった。

それも数本に出ただけで、その種の仕事はしなくなったらしい。そのほかの芸能活動をしている気配はなかったが、羽振りは悪くなかったそうだ。

瑞穂の母親は、娘が資産家の囲われ者になったのではないかと直感したという。だが、そのことを我が子に直に確かめることはできなかったらしい。

また、身内は瑞穂の男性関係については何も知らないという話だった。

芸能界に見切りをつけた後の瑞穂の生活は、ほとんど空白と言っていい。謎だらけだ。

瑞穂は、どんな方法で開業資金を調達したのか。

杉浦が取り寄せてくれた『ハッピーマリッジ』の会社登記簿には、パトロンらしき人物の名は記載されていないという。代表取締役は瑞穂自身で、役員は若い知人になっていたらしい。

いま杉浦は役員たちにひとりずつ会って、女性社長にスポンサーがいるかどうかを探っている最中だ。スポンサーがいたとしたら、脅迫電話をかけてきた人物かもしれない。

夕陽が弱々しくなった。

あと数分で、五時半だ。多門は、きょうも『ハッピーマリッジ』の営業時間が終了するまで粘ってみる気でいた。

スマートフォンが鳴ったのは、ちょうど午後六時だった。

「おれだよ」

杉浦の声が耳に届いた。

「ご苦労さん！　五人の役員にすべて会えた？」

「ああ。残念ながら、たいした収穫はなかったんだ。五人は揃って、名義を貸しただけで、『ハッピーマリッジ』の決算書さえ見てなかったよ。それぞれ会社設立登記のとき、名義料として百万ずつ貰ったそうだ。役員の中に、パトロンはいねえな。五人とも二、三十代の男女で、それほど暮らし向きは楽そうに見えなかったから」

「そう」

「これはまだ裏付け（ウラ）の取れてねえ話なんだが、瑞穂はＡＶ女優時代に出演料が安すぎるとぼやいてたらしいんだ。そのくせ、ＡＶに出なくなっても、制作プロの事務所には出入りしてたようなんだ。おそらく高い出演料を貰って、マニア向けの変態裏ＤＶＤに出てたんだろう」

「変態ＤＶＤっていうと、スカトロ物とか獣姦物、ハードＳＭ物の類（たぐい）だな」

「ああ。そういう変態ＡＶに出まくって、開業資金を溜めたんじゃねえのか？」

「佐久瑞穂はプライドが高そうだから、そんな裏ＤＶＤには出てないと思うがな」

多門は言った。

「クマ、相変わらずだな。女たちを神聖化するのも、ほどほどにしろや。か弱そうに見える女だって、根は強か（したた）だぜ。瑞穂が事業でビッグになりてえと本気で考えてたとしたら、そこまでやっちまうんじゃねえか」

「瑞穂は、そんな女じゃないよ」

「懲りない野郎だな」

「おれは、彼女はダミーの社長かもしれないと思いはじめてるんだ。瑞穂の男関係の情報は何も摑めなかったの？」

「一つだけ情報を摑んだよ。瑞穂は五、六年前まで、食品商社の『京和フーズ』のディーリング部の部長をやってる諸星晃（もろぼしあきら）って男と恋仲だったらしい。諸星は現在、四十六、七だってさ。妻子持ちだという話だったよ」

杉浦が報告した。『京和フーズ』は東京証券取引所一部（現・東証プライム）上場の食品専門商社で、一九四六年に戦前の大手商社の食糧部の一部が独立する形で設立された。アメリカ、ドイツ、オーストラリアなどから大麦、油脂、乳製品などを買い付け、食品メーカーなどに納めている。

「『京和フーズ』は社員三千人そこそこでも、年商は準大手の商社並だったとかで、マスコミに取り上げられてたんじゃなかったっけ？」

「ああ、そのころが一番よかった時期だろうな。株式、特定金銭信託、ファンド・トラストなんて財テクでもだいぶ儲けてたはずだ。しかし、株式市況の悪化で含み損が増大して、数年前には六千五百億円の負債をつくって、リストラでなんとか危機を乗り切ったんだよ。いま、社員数は九百人を割ってるんじゃねえかな」

「そんな会社に勤めてる諸星って野郎が瑞穂の開業資金を用立てられそうもないだろう」

「もしかしたら、諸星は親の遺産か何かが入って、かなりのリッチマンなのかもしれねえな。ちょっと諸星のことを調べてみらあ」

「よろしく頼む！」

多門は電話を切って、煙草に火を点けた。

ふたたびスマートフォンに着信音があったのは、七時五分ごろだった。

「わたしよ」

八木友紀が興奮気味に告げた。

「何か手がかりを掴んでくれたらしいな」

「ええ、そうなの。じっとしていられなくなって、わたし、森さんの知り合いに片っ端から会ってみたのよ。それで、森さんが写真家仲間の女性に鍵付きの革鞄を預けてあったことがわかったの」

「で、中には何が入ってた？」

「まだ中身は見てないのよ。革鞄をわたしが森さんの実家に持ってってあげるからって言って、とりあえず預かったの」

「友紀ちゃん、いま、どこにいるんだ？」

「世田谷の三軒茶屋よ」

「それじゃ、おれの自宅マンションに来てくれねえか。いま、おれは北青山にいるんだ。すぐに代官山のマンションに戻るよ」

「ええ、わかったわ」

「それじゃ、後でな」

多門は通話を終わらせ、ボルボを走らせはじめた。
十五、六分で、自宅に着いた。友紀が部屋に来訪したのは、それから十分ほど経ったころだった。彼女は、イタリア製の狐色のバッグを抱えていた。それが森菜々の革鞄だった。
多門は友紀を椅子に腰かけさせると、すぐに万能鍵でバッグの錠を解いた。

中には、永瀬麻理子がパソコンで打った調査報告書、『ハッピーマリッジ』振り出しの額面三百万円の小切手、タイトルラベルのないDVDが一枚入っていた。

まず多門は調査報告書を読んだ。

そこには、『ハッピーマリッジ』の裏ビジネスのことが詳細に記述されていた。佐久瑞穂は女性会員のうちの十数人を高級コールガールに仕立てて、政財界の大物や外国のVIPの相手をさせていた。高級娼婦たちは客の指定したホテルや別荘に出向くだけではなく、高輪(たかなわ)にある娼婦の館でもビジネスをしていると記してあった。

調査報告書には、AV女優時代に瑞穂の暮らし向きが急によくなったことも綴(つづ)られていた。その部分は、瑞穂の身内の証言と合致している。

調査報告書を読み終えると、多門は預金小切手の振出日を見た。ちょうど三週間前の日付だった。

多門はレコーダーにＤＶＤを入れ、映像を再生しはじめた。

すぐに淫らなシーンが映し出された。緑色のウィッグを被った瑞穂が、深々としたソファに全裸で浅く腰かけていた。まだ顔立ちは若々しい。六、七年前に撮影されたＤＶＤだろう。

画面の瑞穂は艶然と笑い、むっちりした腿を椅子のアームに掛けた。性器を露出する恰好だった。

カメラがズームアップしたとき、合わせ目から尿が勢いよく迸りはじめた。

ソファの真下には、口を大きく開けた五十年配の裸の男が横たわっていた。弧を描いた飛沫は男の顔面を濡らした。男は満ち足りた表情で尿のシャワーを浴びながら、雄々しく反り返った自分のペニスをしごきはじめた。

なぜ、こんなＤＶＤにまで出なければならなかったのか。

多門は悲しみと憤りの入り混じった気持ちで、映像を早送りした。適当なところでスイッチから指を浮かせると、ベッドに仰向けになった瑞穂が映っていた。

秘めやかな亀裂に穴子が頭を潜り込ませて、苦しげに尾をくねらせている。グロテスクそのものだ。

多門は見るに堪えなくなって、またもや早送りのスイッチを押した。

二分ほど過ぎてから、映像を再生してみた。瑞穂は獣の姿勢をとって、オランウータンと交合していた。後背位だった。

「もう観たくないわ。映像を停めて!」

友紀が顔をしかめて叫んだ。

多門は急いで停止ボタンを押した。大型犬や羊を使った獣姦DVDは観たことがあったが、オランウータンとの交わりを目にしたのは初めてだった。オランウータンは当然、密猟されたものだろう。

瑞穂が哀れだった。心なしか、オランウータンも哀しげに見えた。何を感じながら、せっせと腰を動かしていたのか。醜悪で、痛ましい映像だった。

「森さんは何らかの方法でこのDVDを手に入れて、『ハッピーマリッジ』の佐久社長から三百万円の口止め料を脅し取ったのかしら?」

「そう考えてもいいだろうな。おそらく友紀ちゃんの恩人は、何がなんでもトミーにBMWを買ってやるって約束を守りたかったんだろう」

「彼女、本気でトミーを好きになりはじめてたのかな?」

「それは、どうだったのか、おれにはわからない。ただ、森菜々がもっと無心しようとしたことは間違いないだろう。で、殺されることになったんじゃないか」

「佐久瑞穂自身が、森さんを自分の手で始末したんじゃないわよね？」

友紀が確かめる口調で言った。

「おそらく、直に手を汚したのは殺し屋（プロ）だろうな。瑞穂は自分のスキャンダラスな過去をほじくりだした女探偵の永瀬を憎んでたんだろう。それだけじゃなく、またいつか強請（ゆす）られるかもしれないという強迫観念にもさいなまれてたんじゃないか。で、まず永瀬麻理子から誰かに口を封じさせたんだろう」

「そうなのかしら？」

「状況証拠から考えれば、そう推測できる。しかし、瑞穂は金の亡者（もうじゃ）なのかもしれないが、人を平気で始末させるような人間じゃないだろう」

「佐久瑞穂が殺人の依頼主じゃないとしたら、ほかに誰が考えられるの？」

「瑞穂を背後で操（あやつ）ってる男がいるようなんだ」

多門は、脅迫電話をかけてきた正体不明の男のことを話した。もちろん、色仕掛けに嵌（は）まったことは喋らなかった。

「その正体不明の男が何者なのか、早くわかるといいわね。それから、佐久瑞穂の隠れ家（かくが）も」

「ひょっとしたら、瑞穂は高輪の娼婦の館に身を潜（ひそ）めてるのかもしれないな。これから、行ってみるよ」

「ひとりで大丈夫？」

「心配ないって。それより、愛想なしで悪いな。近いうち、ゆっくり会おう」

「わたしのことは気にしないで」

友紀が明るく言った。

「ありがとよ。それから、森菜々の遺品のことだが、しばらくおれに預からせてもらえないか」

「いいわよ。森さんの写真家仲間には、うまく言っとくわ」

「よろしく頼むな。それじゃ、友紀ちゃんを渋谷駅まで車で送ろう」

多門はレコーダーからＤＶＤを抜き、調査報告書や小切手と一緒に革鞄の中に戻した。それを寝室の隅に置く。

ほどなく二人は部屋を出た。

ボルボを走らせはじめて間もなく、多門は慌てて路上の黒いレクサスに乗り込む小太りの中年男に気づいた。どこかで見かけたことがあるような気がしたが、すぐには相手のことを思い出せなかった。

多門は車をＪＲ渋谷駅に向けた。

閑静な住宅街を走り抜け、玉川通りに出る。いつの間にか、小太りの中年男が運転するレクサスはミラーから消えていた。

渋谷駅の近くで友紀を降ろすと、多門は高輪をめざした。調査報告書に記されていた娼婦の館の所番地は、頭の中に刻みつけてあった。

明治通りを天現寺(てんげんじ)まで進み、白金(しろかね)を横切って高輪の町に入る。

娼婦の館は泉岳寺(せんがくじ)の裏手にあった。二階建ての鉄筋コンクリート造りで、外壁はスペイン風の名栗(なぐり)仕上げだった。瓦(かわら)はオレンジ色だ。

敷地は優に五百坪はありそうだった。建物は、うっそうとした樹木で囲まれている。

多門は娼婦の館の前を走り抜け、意図的に裏通りにボルボを停めた。

すぐに車を降り、広い道まで走る。館の斜め前に、ハザードランプを瞬(またた)かせたレクサスが見えた。運転席には誰もいなかった。

多門は娼婦の館に向かって歩きだした。

数十メートル進んだとき、館の門から小太りの中年男が走り出てきた。多門は目を凝(こ)らした。

次の瞬間、口の中で呻いた。なんと男は、『全日本リサーチセンター』の福地康寛だった。杉浦の知人で、殺された永瀬麻理子の上司である。

なぜ、福地が代官山のマンションの前で張り込んでいたのか。それが謎だった。

元刑事は敵の内通者なのだろうか。

福地はレクサスに乗り込むと、慌ただしく発進させた。最初の角を左に折れ、視界から消えた。

多門はボルボに駆け戻った。

杉浦のスマートフォンを鳴らし、福地の不審な行動について真っ先に触れた。

「福やんが内通してたなんて信じられねえ話だな」

「杉さん、福地さんはギャンブルででっけえ借金をしてないか？」

「賭け事はやらねえ男だよ。ただ、野心家ではある。いつだったか、いずれ自分で何か事業をやりたいと言ってた」

「そう。杉さんは、『京和フーズ』の本社前で張り込んでるのかな？」

「いや、本社近くの小料理屋の前にいるんだ。諸星晃が会社の人間と一緒に飲んでるんだよ。諸星を尾行しようと思ってんだ」

「今夜じゃなくてもいいんだが、福地さんのこともちょっと洗ってくれないか」

「言われなくても、福やんを洗ってみるよ。で、クマのほうの動きは？」

杉浦が問いかけてきた。

多門は友紀が大きな手がかりをもたらしてくれたことを明かし、娼婦の館に乗り込む気でいると告げた。

「クマ、そう急くなって。諸星と福やんの線から何かわかるかもしれないじゃねえか。何も、わざわざ危険な勝負に出なくてもいいだろうが」

「早く瑞穂を見つけ出して、彼女の口から事の真相を聞きたいんだ」

「クマ、ちょっと待ちなって」

杉浦が言った。

多門は無言で電話を切り、ボルボを降りた。その足で、娼婦の館に向かう。

4

防犯カメラだらけだった。

門扉の近くにも、見張りの男が立っている。迂闊には邸内に侵入できない。

多門は娼婦の館の前を急ぎ足で通り過ぎた。

うつむき加減だった。館に隣接している家屋は、道路際まで張り出していた。塀も門もない。しかも、留守のようだ。電灯は一つも点いていなかった。

多門は、その邸宅の敷地に忍び込んだ。

娼婦の館を囲む三方の境界線上には、コンクリートの万年塀が立っている。長さは四、五十メートルだった。三方の塀の手前には、目隠しの喬木(きょうぼく)が並んでいる。道路側は、高い生垣(いけがき)になっていた。防犯カメラは見当たらなかった。尖(とが)った忍び返しもない。

多門は奥まで進み、万年塀をよじ登った。

素早く塀を乗り越え、怪しい洋館の庭に降りる。その場に屈(かが)み込み、多門は息を詰めた。見張りの者に気づかれた様子はうかがえない。

多門は足許に落ちている小石や枯れ枝を拾い集めた。すぐに両手が塞(ふさ)がった。

最初に小石を投げた。

何も異変は起こらなかった。庭に赤外線センサーのスクリーンが張り巡らされていれば、館の中で警報アラームがけたたましく鳴るだろう。

多門は口の中で、十まで数えた。

やはり、動く人影は目に触れなかった。枯れ枝をさらに遠くに投げる。息を殺してみたが、誰にも見咎(とが)められなかった。窓も開かない。

だが、まだ油断は禁物だ。多門は石ころと小枝を交互に飛ばしながら、スペイン風の重厚な建物に少しずつ近づいた。

窓の多くは明るい。ところどころ暗い部屋があった。

そうした部屋で、高級娼婦たちが政財界の大物たちと痴戯に耽っているのか。春をひさいでいる女性たちに哀しみは感じるが、軽蔑する気にはなれなかった。

それぞれが何らかの事情を抱え、悩んだ末に体で稼ぐ気になったのだろう。

赦せないのは、若い娼婦たちを買っている醜い権力者どもだ。金で異性を弄ぶことは卑しい。自分の娘より若い異性を平気で抱ける神経は、どこか歪んでいる。まともではない。

多門は館の裏庭に回り込んだ。

そのとたん、何か黒っぽい塊が猛進してきた。ドーベルマンだった。

多門は狙いをすまして、ドーベルマンの眉間を三十センチの靴で蹴りつけた。

的は外さなかった。ドーベルマンが宙で四肢を丸め、短く呻いた。西洋芝の上にどさりと落ちた大型犬は十秒ほど手脚を痙攣させ、じきに動かなくなった。

多門は、死んだドーベルマンを庭木の陰に引きずり込んだ。テラスの方から、愉しげな笑い声が響いてくる。複数の男女の笑い声だった。

多門は建物から目を離さなかった。

少し待ってみたが、洋館からは誰も飛び出してこない。

多門は中腰でテラスに忍び寄ろうとした。

そのとき、何かが靴の先を嚙んだ。爪先に喰い込んでいるのは、虎挟そっくりの鉄製の罠だった。

多門は鋸歯状の金具に挟まれた左足を浮かせ、両手でトラップをへし折った。スプリングが弾け飛び、フレームが波打った。手にしている仕掛け金具を繁みの向こうに投げ捨て、多門は階下の右端まで走った。そこにキッチンのごみ出し用のドアがあったからだ。

多門はドアの前にしゃがみ、上着の内ポケットから万能鍵を取り出した。

その直後、ドアのガラスの向こうで人影が揺れた。照明を背負っているらしく、ドアの前が翳った。

多門はドアの横の外壁にへばりついた。

ドアが開けられ、ごみの入った青いビニール袋を提げた若い男が出てきた。やくざ風だった。

相手は膝を折り、前に頽れた。ごみ袋は男のかたわらに落ちていた。

多門は、男の首に強烈な手刀を見舞った。

多門は男の体を探った。

物騒な物は何も所持していなかった。多門は、太くて長い腕で男の喉を圧迫した。

「この洋館の中に、女社長がいるんじゃねえのか？」

「誰のことだよ？」

男が掠れた声で訊いた。

「佐久瑞穂のことだ」

「そんな名前の女は知らねえな」

「念仏でも唱えな」

「え？」

「まず喉笛をぐちゃぐちゃに潰してやるか」

多門は腕に少しだけ力を入れた。それだけで、男はあっさり口を割った。瑞穂は二階の一室にいるらしい。

「その部屋まで案内しな」

多門は男の前に回り込み、グローブのような手で頬をきつく挟みつけた。

男の顎の関節が外れた。多門は左目を眇めた。男は喉の奥で呻きながら、涎を垂らしはじめた。

多門は男の右腕を捩じ上げ、膝頭で尻を蹴った。

若い男がキッチンに戻り、案内に立った。

居間の横を通り抜けようとしたとき、いきなりドアが開いた。振り返ろうとしたとき、多門は左のこめかみに銃口を押し当てられた。

「何者かはわかってる。多門だな？」

口髭をたくわえた上背のある三十七、八歳の男が言って、薄い唇を歪めた。狼のような目をしている。体格も逞しい。

多門は若い男の腕を自由にしてやり、体を斜めにした。

口髭を生やした男は、シグ・ザウエルＰ228を握っていた。スイス製の高性能自動拳銃だ。すでにスライドは引かれている。

「ただのヤー公じゃなさそうだな。拳銃を扱い馴れてるようだ。瑞穂の番犬かい？　それとも、ここに高級娼婦を抱きにくる財界人の用心棒なのか？」

「何しに来た？」

「佐久瑞穂に訊きてえことがあるだけだ」

「武器を出せ」

「丸腰だよ」

多門は服の上から、自分の体を両手であちこち叩いた。

口髭の男はシグ・ザウエルＰ228を構えながら、顎を押さえて唸っている若い男を手招きした。そして、やすやすと顎の関節を元に戻す。

「青沼さん、すまねえ」

若い男が口髭の男に言った。

「ばかが!」

「え?」

「おれの名を口走ったことだ」

「あっ、いけねえ。ついうっかり……」

「女たちとコーヒーでも飲んでろ」

青沼と呼ばれた男が命じた。若い男はばつ悪げに笑い、すぐ居間に消えた。

「瑞穂さんに会わせてやろう」

「その気になったか」

多門は廊下を歩きだした。

広い玄関ホールの端に階段があった。多門は先にステップを上がった。その気になれば、青沼に後ろ蹴りを浴びせることはできるだろう。しかし、あえて無理はしなかった。

「ここだ」

青沼が中ほどにある部屋の前で、多門を立ち止まらせた。道路側に面した部屋だった。

多門は勝手にドア・ノブを引いた。

瑞穂は豪華なソファセットの長椅子に腰かけ、細巻き煙草を喫っていた。

「いずれ、ここに現われると思ってたわ」

「二人だけで話をさせてくれないか」

多門は瑞穂に言った。

瑞穂は少し考えてから、黙ってうなずいた。青沼がドアを静かに閉め、遠ざかっていった。

多門は瑞穂と向かい合う位置に腰かけた。

「おれが週刊誌の偽記者だってこと、いつ見抜いたんだ？」

「クルージング・パーティーのあった晩の翌日よ。わたし、宝文社に電話をして、『週刊ワールド』の特約記者に遠藤肇という男がいるかどうか確かめたの。確かに、遠藤肇という者はいたわ。でも、あなたとは年齢も体型も違いすぎてた」

「なぜ、おれを避けようとしなかった？」

「あなたが何者で、何を探る目的で接近してきたのかを知りたかったからよ」

瑞穂がそう言い、煙草の火を揉み消した。少しも怯えてはいない。この部屋のどこかに監視カメラが設置されているのだろう。

「で、どこまでわかったんだ？　いや、こっちから話そう。おれは女友達に頼まれて、失踪した写真家の森菜々の行方を追いはじめた。ちょっと回り道をしたが、『ハッピーマリッジ』が失踪事件に関わってると睨んだ」

「それで、週刊誌の記者に化けたわけね？」

「ああ、そうだ。そっちは秋浜信行に命を狙われる覚えはないと言ってたが、奴の姉貴の渚に海外での見合いを何度も勧めて、さんざん金を遣わせた。その結果、渚は職場の金を横領して、死を選ばざるを得なくなった」

「秋浜渚は愚かだったのよ。エリート男性と結婚することだけを目標に生きてるなんて、最低だわ」

「そういう言い方はよくねえな。生き方はどうであれ、秋浜の姉貴は自殺に追い込まれたんだ」

「必ずしも、わたしのせいじゃないわ」

「そっちが若いころに苦労したことは知ってるよ。男たちに騙されつづけりゃ、人間不信に陥っても仕方ないだろう。だからって、銭だけしか信じないなんて生き方は悲しすぎると思わないか。え？」

多門は瑞穂の顔を見据えた。

「あなたは貧乏の辛さを知らないのよ。電気やガスを止められて、食べるものもない生活がどれほど惨めかわかる？　冬の寒さや飢えが人間のプライドなんか、いとも簡単に圧し潰しちゃう。それに、どん底まで落ちた人間に他人は冷たいものだわ」

「それだから、金に縋って生きることにしたわけか」

「ええ、そうよ。お金があれば、たいがいの夢は叶うわ。人生も愉しいしね」

「そうだろうが、女性会員たちから金を搾り取ろうとするのはよくない。そんなことをやってたから、白石翠は腹を立てたんだ」

「……………」

「会員たちに恨まれるだけじゃない。森菜々のように、そっちを脅迫する会員も出てくる。女性写真家は、きみが高級コールガールの斡旋を裏ビジネスにしてる事実を女探偵の永瀬麻理子に調べ上げさせて、口止め料を要求してきた。そうだな？」

「何を証拠に、そんな失礼なことを言うのっ」

「もう観念したほうがいい。おれは、動かぬ証拠を押さえてるんだ」

「証拠って？」

「菜々の遺品の中に、『ハッピーマリッジ』が振り出した三百万円の小切手、それからアブノーマルな裏ＤＶＤも混じってた。それには、オランウータンと女が映ってた。その女が誰かは言わないでおこう。もう一つ、女探偵の調査報告書も見つかったんだよ。報告書には、『ハッピーマリッジ』が悪どい儲け方をしてることだけじゃなく、そっちのＡＶ女優時代のことまで記されてた」

「その三つの遺品を売ってもらえない？」

「おれの質問に正直に答えてくれりゃ、只でくれてやろう」

「ほんとに？」

瑞穂の暗い顔が、にわかに明るんだ。

「ああ。そっちは菜々に高級コールガール組織のことで強請られ、三百万円の小切手を渡した。しかし、菜々はさらに無心してきた。半ば永久的にたかられると思ったそっちは、森菜々と女探偵の永瀬麻理子を葬る気になった。二人の女は、さっきの青沼に殺らせたのか？」

「待ってちょうだい。森菜々に三百万円の口止め料を渡したことは確かだけど、わたしはどちらも殺させてないわ」

「言い逃れじゃないんだなっ」

多門は声を張った。一目惚れした美女を詰るのは、なんとも辛かった。しかし、いまは黒白を明らかにしなければならない。

「ええ、嘘じゃないわ」

「それじゃ、そっちの背後にいる男が菜々たち二人と秋浜信行を始末させたんだろう。おれに脅迫電話をかけてきたのは、いったい誰なんだ？　そいつの名を教えてくれ」

「それは……」

「言わなきゃ、おれは証拠の小切手や変態ＤＶＤを警察に渡すことになる」

「こちらにも切札はあるのよ。あなたをサディスティックなレイプ犯に仕立てることだってできる」

「たいした悪女だな。おれは、この世に悪女なんかひとりもいないと思ってたが……」

「あなたの弱みを押さえておかないと、危険なことになると思ったのよ。それに、あなたはもうこの家からは出られないわ」

瑞穂が形のいいヒップの下から、ローシンＬ25を抜き出した。アメリカ製の護身拳銃だ。全長十数センチである。六・三五ミリで、フル装弾数は八発だ。

「拳銃まで持ってたとは驚きだな。しかし、そっちが根っから悪女だとは思っちゃいない。男たちに辛い目に遭わされて、少し心が捩じ曲がってるだけなんだろう」

「能天気ね。森菜々の遺品は、どこにあるの？」

「知り合いの刑事に預けてある」

多門は、とっさに嘘をついた。瑞穂が蒼ざめる。

「人を撃ったことはないな。銃把の握り方で、すぐにわかる」

「遺品を預けた刑事の名前と住所を言って！」

「言えないな。それより、そっちを操ってるのは『京和フーズ』の諸星晃なんじゃないのか。そっちが昔、諸星と恋仲だったこともわかってるんだ」

多門は言った。瑞穂が一瞬、うろたえた。どうやら図星だったようだ。

「彼とは、もう何年も会ってないわ」

「シラを切っても無駄だよ。おれはこの目で、そっちのマンションに入る諸星を見てる」

多門は鎌をかけた。

「諸星さんがマンションに来たことなんかないわ。いつもホテルでこっそり会ってたんだから」

「引っかかったな。やっぱり、諸星だったか」

「汚い手を使うのね！」

「きみは諸星に利用されてるだけなんだと思うよ」

「利用？」

「ああ。諸星に唆(そそのか)されて、高級コールガール組織を裏ビジネスにしたんだろ？」

「その裏ビジネスを思いついたのはわたし自身だわ。わたし、自分よりも頭がよかったり、きれいな女たちがすんなりと好条件の男性と結婚することが赦(ゆる)せなかったのよ。だから、電話会社の社員をお金で抱き込んで、スマホのナンバーから女性会員たちの個人情報を探り出させ、借金だらけの会員や教養や美貌を鼻にかけてる娘たちを娼婦に仕立ててやったの。お金やエリート男性の紹介を餌にしてね。名簿屋にも、だいぶ協力してもらったわ」

「そこまで心を歪ませたのは、過去の男たちなんだろうな」

「何なの、偉そうに！」

瑞穂が柳眉を逆立てた。

「話は違うが、『ハッピーマリッジ』の開業資金はそっちが自分で工面したのか？」

「ええ、そうよ。死んだ気になってアブノーマルな裏ＤＶＤに出て、せっせと貯金したのよっ。それがなんだって言うの！」

「諸星は、まったく出資してないのか？」

「ええ。当時、彼は会社に無断で銅取引をやって、六十億円も損失を出してしまったのよ。出資してくれるどころじゃなかったわ。それでも彼は、熱心に事業の相談に乗ってくれた」

「二人がよりを戻したとしても、少し諸星は親切すぎやしないか？　諸星は、いつ会社をクビになるかもしれない立場なんだぜ。銅取引で六十億円も穴を開けたことをいつまでも会社に隠し通せるもんじゃない。奴は何か企んでるんだろうな」

「まさか、そんなこと……」

「これまでに何か不審に思ったことは？」

「別にないわ」

「諸星には、庇ってやるだけの価値があるのか？」

「それは……」

「何か怪しい点があるんじゃないのか。どうなんだっ」

「そういえば、ちょっとおかしなことがあったわ」

「話してくれ」

「わたしに内緒で、コンピュータのシステムエンジニアをしてる男性会員や役員秘書歴のある女性会員の個人情報を名簿から書き写してたことがあるようなの。うちの社員から聞いた話よ」

「おそらく諸星は、そういった連中を使って何か別のビジネスをしてるんだろう。六十億の損失を少しでも穴埋めしたくてな」

多門は言った。

数秒後、ドアがだしぬけに開いた。多門は本能的に椅子から立ち上がった。青沼が歩み寄ってきて、エアスプレーのノズルを向けた。

ほとんど同時に、目の前に白っぽい噴霧が拡がった。視界を塞がれた多門は、反射的に横に跳んだ。

その瞬間、口髭の男が組みついてきた。多門は防毒マスクに似た物を口許に押し当てられた。息を吸ったとたん、意識がぼやけた。

足腰から力が抜けた。それきり何もわからなくなった。

5

体が弾んだ。

その拍子に、多門は自分を取り戻した。両手が利かない。後ろ手に麻縄で縛られている。

多門は、走る車の後部座席に腰かけさせられていた。ワンボックスカーだった。

かたわらには瑞穂がいた。

やはり、多門と同じように後ろ手に縛られている。ドアフレームに凭れかかり、首を垂れる恰好だった。麻酔ガスを嗅がされ、意識を失っているようだ。

ワンボックスカーは、暗い林道をかなりのスピードで走行中だった。

下り坂だ。半ドアの運転席には誰も坐っていない。

山の中だ。あたりは漆黒の闇で、民家の灯り一つ見えなかった。

このままでは、車はそのうち樹木にまともに激突するだろう。運が悪ければ、丁字路の先は崖(がけ)になっているかもしれない。

車のヘッドライトは消えていた。まるで前方の様子がわからない。不安が膨らむ。

「おい、目を覚ませ！」

多門は瑞穂に体をぶつけた。だが、瑞穂は意識を取り戻さなかった。

どんな理由で、瑞穂まで自分と一緒に始末させられることになったのか。諸星は瑞穂を利用するつもりで、よりを戻したのだろう。

多門はパニックに陥りそうになる自分を窘(たしな)め、徐々に腰を浮かせた。

そのとたん、体がよろけた。多門は足を踏ん張って、横向きになった。肩口をシートの背凭れに固定し、片方の脚(あし)を浮かせた。

やっとの思いで運転席に移る。多門はまずブレーキペダルを踏んだ。わずかに速度が落ちた。アクセルペダルに重ねられた鉄板を足で払いのける。それでも、ほとんどスピードは変わらなかった。

なんとか口でヘッドライトを灯す。キーを唇で挟もうとするが、上手に捉(とら)えられない。

多門は厚い胸でステアリングを固定しながら、懸命に走行の安定を心掛けた。タイヤの空気圧のせいか、車は左に傾きがちだった。

悪い予感が的中した。はるか下に白いガードレールが見える。丁字路の先は断崖だった。

最悪だ。さすがに慄然とした。まっすぐ下り降りたら、車ごとダイビングすることになる。そうなれば、自分も瑞穂も確実に死ぬだろう。

多門は、左足をサイドブレーキの下に潜り込ませた。レバーに足の甲を引っかけようとするが、思い通りにはいかない。車は弾んだり、揺れたりしている。

丁字路がだんだん近づいてきた。あと百メートルもないだろう。焦躁感が募る。

「くそったれ。こんなことじゃ、くたばらねえぞ」

多門は大声で喚いた。

そのとき、ブレーキレバーに足が密着した。少しずつサイドブレーキを引いていく。力まかせに引っ張ると、ワイヤーが切れる恐れがあった。そうなったら、もはや車を停めることはできない。

少し経つと、わずかに速度が落ちた。胸に一条の光が射し込んできた。

多門は、さらにブレーキレバーを引いた。

また、スピードがダウンした。ガードレールは眼前に迫っている。

多門は足をステアリングに戻し、少し左に回した。

ワンボックスカーが林道の際に寄り、樹幹を擦りはじめた。スピードは、だいぶ殺がれていた。これなら、命拾いできそうだ。

多門は、またステアリングを少し左に切った。

すぐに衝撃が体に伝わってきた。フロントグリルが太い樹木にめり込んでいた。エンジンは停止していた。フロントフードがひしゃげ、湯気が立ち昇っている。ラジエーターが破損したようだ。

多門は、ようやく安堵した。そのすぐ後、瑞穂の意識が蘇った。

「そっちも青沼って男に、麻酔で眠らされたようだな？」

「ええ、あなたが倒れた直後にね」

「あの口髭の男は、きみの用心棒だと思ってたが……」

「青沼は、諸星が連れてきた男よ。昔は麻薬取締官だったらしいけど、いまは用心棒みたいなことをして食べてるって話だったわ。なんでも押収した覚醒剤を関西の暴力団に横流しして、職を失ったそうよ」

「諸星は、そっちまで葬る気だったんだ。これで、もう目が覚めたろう？」

「ええ、はっきりとね。あの男、赦せないわ」

「話は後にしよう。歯を使って、結び目を緩めてくれないか」

多門はそう言い、やや腰を浮かせた。後ろ手に縛られた両手をいっぱいに伸ばす。

瑞穂が前屈みになった。すぐに多門の手首に彼女の顔が触れた。

縛めはきつかった。

瑞穂の息が弾みはじめた。紐が緩むまで、五分ほどかかった。

多門は縛めを解くと、瑞穂を後ろ向きにさせた。手早く麻縄をほどく。

「この近くに青沼か諸星が潜んでるかもしれない。ひとまず林の中に逃げ込もう」

「ええ」

瑞穂がドア・ロックを外した。

多門は反対側から車を降りた。瑞穂がワンボックスカーを回り込んできた。多門は瑞穂の手を取った。

二人は林の中に分け入った。

いくらも歩かないうちに、瑞穂が前につんのめった。彼女の後頭部が爆ぜ、脳漿と血糊が飛び散った。銃声は聞こえなかったが、被弾したことは間違いないだろう。

羊歯の上に俯せに倒れた瑞穂は微動だにしない。即死だったのだろう。

ショックは大きかった。多門は茫然自失状態だ。実際、何も考えられなかった。

銃弾の衝撃波が多門の頭髪を薙ぎ倒した。前方の樹幹が鳴り、樹皮の欠片が舞う。

多門は我に返った。身を屈め、すぐに振り返った。

ワンボックスカーのそばに口髭の男が立っていた。青沼だ。消音器を装着した自動拳銃を立射の姿勢で構えている。

多門は中腰で横に走りはじめた。

かすかな発射音がして、点のような銃口炎が赤く光った。放たれた弾は近くの灌木を撃ち砕いた。

多門は巨木の陰に隠れた。そのとき脳裏に、殺された瑞穂の無残な姿が蘇った。多門は、大声を張り上げたい衝動を辛うじて抑えた。男たちにさんざん利用されてきた瑞穂の短い生涯が哀れに思え、不覚にも涙ぐみそうになった。

青沼が林の中に荒々しく駆け込んできた。

多門は、また走った。追っ手の足も速くなった。

林の奥まで進むと、段差のある場所に出た。その斜面は熊笹で覆われ、幾つか大きな窪地があった。

多門は最も深い窪地に入り込み、じっと息を潜めた。

窪地の縁まで熊笹の葉が伸びている。上から青沼に見られても、覚られる心配はなさそうだ。数十秒が流れたころ、青沼が斜面を駆け降りてきた。

多門は、勇み立つ気持ちを鎮めた。逸っては事を仕損じることになる。

静かに敵を待つ。

一段と敵の足音が高くなった。地響きもした。青沼の脚が見えた。多門は立ち上がりざまに、腕刀で青沼の向こう臑を思うさま叩いた。

青沼が短い声を発し、頭から落下していった。多門は窪地から這い出て、一気に斜面を駆け降りた。

何度か前転した青沼は、大木の根方に転がっていた。サイレンサーを嚙ませたシグ・ザウエルＰ228は、しっかりと右手に握られている。

多門は青沼を巨身で押さえ込み、自動拳銃を奪った。

「諸星におれと瑞穂を片づけろって言われたんだなっ」

「…………」

「粘っても、無駄だよ」

「おれをどうする気なんだ？」

青沼がふてぶてしく訊いた。

「すんなり口を割らないと、痛い目に遭うぞ」

「月並な脅し文句だな」

「おめ、おれさ、なめてんのけ？　いい度胸さしてるでねえか」

多門は激昂し、青沼の片耳を横に強く引っ張った。すぐに消音器の先端を外耳の内側に当て、無造作にシグ・ザウエルP228の引き金を絞る。発射音は、くすくす笑いよりも小さかった。

青沼が凄まじい声を放った。

肉の焦げる臭いが夜気に混じった。濃い血の臭いも漂っている。外耳に円い穴が穿たれたはずだ。暗すぎて、目で確かめることはできなかった。

多門は消音器の先を青沼の左胸に押し当てた。

「口さ割らねば、死ぬことになるど！」

「もう撃たないでくれ。そうだよ、諸星さんに頼まれたんだ」

「やっぱりな。諸星は、なして瑞穂まで殺さねばなんねと思ったんだ？」

「よくわからないよ。いちいち殺しの動機を聞いてから、仕事を請け負ってるわけじゃないからな。うーっ、痛い！」

青沼が歯を喰いしばった。

「見当はついてるべ。言わねば、殺すど。言うべし！」

「おそらく諸星さんは、佐久瑞穂って女社長に自分のやってることを知られるとまずい、と思ったんだろうな。ううーっ、血が首の後ろまで……」

「諸星は、何さしてたんだ？　言ってみれ！」

「詳しいことはわからないが、彼はだいぶ以前から『ハッピーマリッジ』の会員の個人情報を集めて、コンピュータのシステムエンジニアや才色兼備の女たちを選び出して、大手商社、メガバンク、保険会社、自動車メーカーに送り込んでたんだよ。女たちの大半は、役員秘書として送り込まれてる。そういう連中の多くはカード破産者の予備軍だとか言ってたな」

「諸星は、その連中を産業スパイとして使ってるんだべ」

「そうなのかもしれない。名うてのハッカーとも接触してたようだからな。くそっ、耳の痛みが強まってきた」

「ここは、どごだ？」

多門は訊いた。

「御殿場だよ。富士山の南麓だ」

「諸星も、この近くにいるんだべ？」

「さあな」

「おれさ、もっと怒らせてえのけ？」

「少し離れた場所に建ってる貸別荘にいるよ」

「そこさ、案内しろ！」

「わかったよ。早くどいてくれ」

青沼が腹立たしげに言った。多門は立ち上がり、青沼から数歩離れた。青沼が血塗れの耳を押さえながら、のろのろと身を起こす。

多門は青沼の背後に回り、サイレンサーの先を腰のあたりに突きつけた。

青沼が歩きはじめた。多門は警戒しながら、青沼を進ませた。

瑞穂の死体を片手で拝み、林道に出る。多門たちは丁字路まで下り、右に折れた。

三十分ほど歩くと、洒落た造りの山荘が五棟ほど並んだ通りに出た。一番手前のロッジだけが明るい。

「灯りの点いてる貸別荘に諸星がいるんだな？」

多門は標準語で問いかけた。歩いているうちに、いつしか興奮は鎮まっていた。

「ああ」

「ほかには誰もいないのか？」

「いないよ」

青沼が答えながら、手前の貸別荘のアプローチに足を踏み入れた。コテージの中庭には、黒いベントレーが見える。諸星の車だろう。

多門は青沼の片腕を摑んでから、玄関のドアを開けさせた。

「諸星さん、わたしです」

青沼が奥に声をかけた。

応答はなかった。リビングルームのドアは細く開いていた。そこから、硝煙の臭いがうっすらと漂ってくる。

「何かあったようだな」

多門は青沼を玄関ホールに上がらせた。土足のままだった。

居間を覗くと、床に中年男が仰向けに倒れていた。左胸が赤い。血だった。銃弾で撃ち抜かれたにちがいない。

「諸星さんだよ」

青沼が倒れた男に歩み寄って、左手首を取った。

「脈動は？」

多門は訊いた。青沼が無言で首を横に振る。

「諸星は誰に消されたんでえ？」

「知らないよ」

「とぼけるんじゃねえ。諸星を動かしてた人間がいるはずだっ」

「ほんとに知らないんだ。なんてことなんだっ。おれは、秋浜信行を始末した報酬をまだ貰ってない。永瀬麻理子と森菜々の掃除代は五百万ずつ貰ったが……」

「なんだって、その三人を諸星は消したがったんでえ？　死んだ三人とは何も利害関係がなかったんだろうが」

「諸星さんは佐久瑞穂に恩を売っといて、いずれ『ハッピーマリッジ』を乗っ取るつもりだったのさ。しかし、女社長は本能的に諸星さんの企みに気づいて警戒するようになったみたいなんだ。それで、諸星さんは逆に佐久瑞穂に、殺人依頼の件で恐喝されるのではないかと考えはじめて……」

「てめえに瑞穂を始末させたってわけか」

「そうだよ」

「一度は愛した女じゃないか。情(じょう)のない野郎だ」

多門は、死んだ諸星の顔面に九ミリ弾を撃ち込んだ。肉片と血糊が四方に飛んだ。青沼が後ずさりはじめた。

「てめえも、あの世に行きな。あばよ」

多門は冷然と言い放ち、残弾をすべて青沼の体に埋めた。

青沼は奇妙な舞踊を見せてから、床に倒れ込んだ。元麻薬取締官の殺し屋は、目を開けたまま息絶えた。

多門はシグ・ザウエルP228をハンカチで神経質に拭ってから、床に落とした。そのまま大股で貸別荘を出る。多門は諸星のベントレーに乗り込み、東名高速道の御殿場IC（インターチエンジ）に向かった。午前二時を過ぎていた。

東京料金所を出たのは、およそ二時間後だった。多門はベントレーを高輪まで走らせ、路上駐車してあった自分のボルボに乗り換えた。

エンジンを始動させたとき、スマートフォンが鳴った。発信者は杉浦だった。

「クマ、生きてたか」

「ちょいと長い散歩をしてたんだよ」

多門は軽口で応じ、経過をつぶさに話した。

「そいつは大変だったな。おれは福やんを少し痛めつけてやったよ。奴は大物総会屋の元木（もとき）一夫（かずお）に頼まれて、諸星の動きを探ってたんだ」

「どういうことなんだい？　よく話がわからないな」

「いま、説明してやらあ。諸星は『ハッピーマリッジ』の会員である男女約三十人を一流企業にスパイとして送り込んで、各社の不正や弱みを摑ませてたんだよ。スパイに仕立てられた連中は多額の報酬に釣られて、潜り込んだ会社のパスワードを探ったり、架空取引や大口脱税の証拠を集めてたんだ。そうした恐喝材料をちらつかせて、総会屋の元木が大企業から二千億円も集金してやがったんだよ」

「企業恐喝の元締めは、大物総会屋だったのか」

「いや、元木も諸星と同じで単なる捨て駒にすぎねえんだ。企業恐喝のシナリオを練ったのは、『京和フーズ』の社長をやってる平賀克直って奴だよ。平賀が、邪魔になった諸星を始末させたんだろう」

「ほんとかい？」

「ああ、間違いねえよ。福やんを踏ん縛って、全身にたっぷり熱湯をぶっかけてやったんだ。あれだけ嬲ったんだから、嘘は言ってねえだろう。平賀って奴は諸星が銅取引で穴を開けた六十億の損失金を弁済させる代わりに、野郎に各企業に送り込むスパイを集めさせたんだってよ。『京和フーズ』は倒産の危機に晒されて、企業恐喝で経営の建て直しを図る気になったってわけだ」

杉浦が言った。

「大企業を揺さぶるとは、うまいことを考えたな。どんな会社も、まったく弱点がないわけはない。それにしても、二千億円とは派手に集めやがったな」

「クマ、上前はねるんなら、おれにも一枚噛ませろや」

「杉さん、おれは強請屋じゃない。そんなセコいことはやらないよ。それより、福地はどこにいるの？」

「おれんちの風呂場で震えてるよ。湯冷めしちまったんだろう。奴は元木の高校時代の後輩なんだよ。事業資金を回してやるって言われて、つい総会屋の使いっ走りになっちまったらしい」

「そういうことか。で、杉さん、福地の話を録音してくれた？」

「その点は抜かりねえよ」

「ありがたい。それじゃ、福地の告白音声で最初は総会屋の元木を締め上げるか。ＩＣレコーダー、これから貰いに行くよ」

多門は通話を切り上げ、ボルボを走らせはじめた。

杉浦の自宅は杉並区内にある。道路は空いていた。

多門はアクセルペダルを深く踏み込んだ。

東の空がひと刷(は)けだけ明るい。間もなく夜明けを迎えるだろう。

エピローグ

霧が濃い。

這うように、湖面の上をゆっくりと流れている。十和田湖だ。午前五時前だった。まだ夜は明けていない。

多門はモーターボートを湖心に走らせていた。

ほんの少し前に、湖に迫り出した中山半島の御前ケ浜の船着き場で盗んだモーターボートだった。バッテリーとエンジンを直結させたのだ。燃料は満タンに近かった。

五十一歳の大物総会屋を痛めつけたのは三日前だった。元木は福地の録音音声を聴かせても、すぐには口を割らなかった。

多門は元木の指を一本ずつ折っていった。左手の五指がくたりとなるまで、総会屋は激痛に耐えた。しかし、右手の小指を折ると、とうとう白状した。

元木は貸別荘の中で、諸星を射殺したことを吐いた。首謀者の平賀に命じられての犯行だった。

ずんぐりとした体型の総会屋は、八十数社から二千億円あまりを脅し取ったことも認めた。自分の取り分は二割で、残りの約一千六百億円は黒幕の平賀が受け取ったという。

多門は懐に忍ばせておいたICレコーダーのスイッチを切り、たまたま車内にあった二千万円入りのアタッシェケースを奪った。口止め料のつもりだった。

その次の日、多門は千代田区内にある『京和フーズ』の本社ビルを訪ねた。

勝手に社長室に入り込み、平賀に福地と元木の録音音声を無理に聴かせた。六十五歳の銀髪の紳士は欧米人のように大きく肩を竦め、何度も首を振った。

多門は平賀に恐喝した企業のリストを出させ、各社の不正やスキャンダルを裏付ける写真や録音音声の入ったデータも奪った。スパイに仕立てられた男女のリストも揃えさせた。さらに被害企業八十数社に手許にある一千億円を均等に返済し、総会屋の取り分を含めた残金を一年以内に必ず返すという誓約書も認めさせた。

その上で、多門は二つの録音音声データの買い取りを平賀に迫った。

要求額は二億五千万円だった。平賀はしばらく考えてから、要求を呑んだ。取引の日時は後で決めることにして、多門はいったん引き揚げた。

あくる日の午後、福地が新宿区内の路上で暴力団員と見られる男に刺殺された。刺客を放ったのは総会屋の元木だろう。犯人は逃亡し、まだ捕まっていない。

きのうの正午前に、多門は平賀に電話をかけた。平賀は自分の郷里の湖上での取引を望んだ。多門は相手の申し出を訝(いぶか)しく感じたが、あえて反対はしなかった。平賀に警戒心を抱かせたくなかったからだ。

霧の裂け目から、黒っぽい岩の連(つら)なりが覗いた。湖面に浮かぶ御門石(ごもんいし)だ。

真ん中あたりの岩の上に軽装の平賀が立っていた。

膨(ふく)らんだ大きなリュックサックを背負っている。中身は札束だろう。

岩の向こう側に、船外機付きの小舟が揺れていた。舫(もや)ってあった。

多門はモーターボートのバッテリーのコードをエンジンから切り離した。

モーター音が熄(や)んだ。ボートは惰性(だせい)で湖面を滑っている。

多門は太くて長い脚を岩に伸ばし、モーターボートを停めた。波がひたひたと舷(ふなばた)を打ちはじめた。

「先に二個の音声データを渡してもらいたい。もし録音音声を複製してることがわかったら、きみに凄腕(すごうで)の殺し屋(プロ)を差し向けるぞ」

平賀が仁王(におう)立ちの姿勢で言った。

多門は薄く笑って、隠し持っていたコルト・ディフェンダーを取り出した。ゴト師の元締めの遠山から奪い取った自動拳銃だ。

「卑怯な奴だ」

「てめえにゃ言われたくねえな。早く背負ってる物をモーターボートの後部座席に投げるんだ！」

「わ、わかったよ」

平賀が言われた通りにした。

多門は左手でリュックサックの口を押し開いた。帯封の掛かった百万円の束は三十束ほどで、その下には古い文庫本が詰まっていた。

「約束を破ったな」

「二億五千万は高すぎるよ。その金はくれてやるから、音声データをおとなしく渡すんだ」

「急に強気になったな。水の中にウエットスーツを着た蛙がいるってわけか」

「そういうことだ」

平賀が勝ち誇ったように笑った。

そのとき、モーターボートが傾いた。多門は振り向いた。黒いウエットスーツを身にまとった元木が立ち泳ぎをしながら、両肘で支えた水中銃の銛を向けてきた。骨折した左手の五指は動かせないだろうが、右手の四本の指は無傷だ。引き金は絞れるのではないか。

銛が飛んできた。

多門は巨体を傾け、なんなく躱した。元木が水中銃を捨て、いったん潜った。

少し待つと、今度はモーターボートの反対側から浮上した。ほとんど同時に、星の形をした特殊ナイフが多門の頬を掠めそうになった。

元木は、すぐにまた姿を水の中に隠した。

多門は元木が浮き上がってくるのを待って、コルト・ディフェンダーの銃把で相手の顔面を叩いた。鈍い音がした。元木は呻いて、湖中に頭まで沈んだ。多門はまた元木が浮上するのを待った。

元木の頭が湖面を突き破る。

多門は銛を前に突き出した。元木が絶叫した。銛は、元木の左の眼球を貫いていた。

総会屋は仰向けに浮き、身じろぎ一つしない。

銛は脳まで達しているのだろう。鮮血が湖面に拡散しはじめた。

「こ、殺さないでくれーっ。残りの二億二千万円は必ず払う。だから、命だけは助けてくれ」

平賀が哀願しながら、身を翻した。

岩の上を走り、小舟に飛び乗った。船外機が小さく響きはじめた。

多門は拳銃をベルトの下に差し込み、モーターボートのエンジンとバッテリーを直結させた。平賀の小舟が勢いよく走りだした。

多門は、ただちに追った。エンジンの馬力が違う。造作なく小舟に追いついた。

ボートと小舟が横に並ぶと、多門は予め用意しておいた分銅付きの長いロープを床から摑み上げた。ロープの束は重かった。

多門はロープを短く持って、分銅を頭上で旋回させはじめた。カウボーイの投げ縄の要領だ。

多門は分銅を投げた。ロープを平賀の胴に巻きつけて湖中に引きずり落としたかったが、分銅は標的の肩に当たった。多門はロープを手繰って、分銅を手許に引き寄せた。

「何をするんだ!?」

平賀が小舟の中で立ち上がった。

すかさず多門は、分銅を勢いよく飛ばした。ロープは平賀の両膝の上に幾重にも巻きついた。平賀がバランスを崩す。

多門はロープを強く引っ張った。

平賀が湖に落ちる。船外機付きの小舟は、そのまま滑走していった。

多門はモーターボートの速度を上げた。

ロープを持つ左腕に水の重みが伝わってきた。もう間もなく、平賀は溺死するだろう。ボートが湖岸に着いたら、ロープを外すつもりだ。

地元の警察は、平賀が小舟から転落したと考えるだろう。元木一夫のほうも、自分で誤って水中銃の銛を発射させたと判断するかもしれない。そうなることを祈るか。

多門はエンジンを全開にした。

モーターボートは船首を浮かせ、漣を切り裂きはじめた。風が心地よかった。

その夜である。

多門は代官山の自宅マンションでバーボン・ロックを傾けながら、ダイニングテーブルの上に積み上げた札束を眺めていた。

元木と平賀から奪い取った金だ。合わせて五千万円だった。

この金を独り占めするのは、なんだか気が咎める。殺された永瀬麻理子、森菜々、秋浜信行の遺族に匿名で一千万円ずつ香典を送ることにした。佐久瑞穂も気の毒だったが、会員たちを泣かせていたわけだから、香典はなしにしよう。残りは自分が貰うつもりだ。懐が豊かになったから、友紀と海外旅行でもするか。

多門はブッカーズを呷った。

グラスが空になったとき、部屋のインターフォンが鳴った。

多門は大急ぎで五千万円を物入れに突っ込み、玄関ホールに走った。

ドア・スコープを覗くと、なんと山科智恵が立っていた。多門は意外な訪問者に驚いたが、居留守は使わなかった。

ドアを開けると、智恵がにこやかに言った。

「こんばんは！　多門剛さん……」

「なんで、きみがここに!?」

「部屋に入れてくれないと、この写真を警察の人に見せちゃうわよ」

「写真？」

多門は、わけがわからなかった。

智恵が革のショルダーバッグから、一葉のカラー写真を抓み出した。それには、十和田湖の湖岸近くで平賀の溺死体から分銅付きのロープを外している多門の姿が鮮明に写っていた。暗視ビデオカメラで撮られた動画をプリントアウトしたものと思われる。

「きみは何者なんだ!?」

「あなたを騙す恰好になっちゃったけど、実はフリージャーナリストなの。主に犯罪ドキュメントを手がけてるのよ」

「昔風に言うと、女トップ屋か」

「ええ、そうね。『ハッピーマリッジ』の女社長が高級コールガールの斡旋を裏ビジネスにしてるって噂を青山のスナックで小耳に挟んだんで、あの会に会員として潜入したのよ。そうしたら、いろんな事件が錯綜してるんで、俄然、興味を持っちゃったわけ。取材してるうちに、あなたをマークしていれば、真相が見えてくるんじゃないかと考えたの」

「で、体を張って、おれから情報を探り出そうとしたんだな？」

多門は確かめた。

「ええ、最初はね。でも、あなたとは波長も体も合ったんで、騙しつづけるのはよくないと思って、一度、このマンションに来たのよ」

「きみだったのか」

「もしかしたら、佐久瑞穂だと思ったんじゃない？」

智恵が、からかう口調で言った。多門は曖昧に笑い返した。

「それは、どうでもいいの。表で多門さんが姿を現わすのを待ってるうちに、わたし、気が変わっちゃったのよ。暴き屋根性を棄てきれなかったのよね」

「どこまで知ってるんだ？」

「だいたいの流れは摑んでるけど、いくつか謎があるの」

「一連の事件のことを話したら、その写真のデータをおれに売ってくれるか？」

「ええ、いいわよ。どうせなら、ベッドで話を聞かせてほしいわ」

「ベッドで!?」

「そう。あなたとはセックスの相性がいいことをもう一度確かめたい気がしてるの。シャワー、使わせて」

「どうぞ、どうぞ」

「それじゃ、お邪魔します」

智恵が靴を脱ぎ、浴室に足を向けた。熱く娯(たの)しい夜になりそうだ。

多門は口笛を吹いた。

二〇一三年三月　祥伝社文庫刊

光文社文庫

毒蜜（どくみつ） 謎の女（なぞのおんな） 決定版

著者 南（みなみ） 英（ひで） 男（お）

2022年9月20日 初版1刷発行

発行者 鈴木広和
印刷 堀内印刷
製本 榎本製本

発行所 株式会社 光文社
〒112-8011 東京都文京区音羽1-16-6
電話 (03)5395-8149 編集部
8116 書籍販売部
8125 業務部

落丁本・乱丁本は業務部にご連絡くだされば、お取替えいたします。
ISBN978-4-334-79420-0 Printed in Japan

組版 堀内印刷

森下雨村　小酒井不木　ミステリー文学資料館編
ラットマン　道尾秀介
カササギたちの四季　道尾秀介
光　道尾秀介
満月の泥枕　道尾秀介
赫眼　三津田信三
海賊女王(上・下)　皆川博子
ポイズンドーター・ホーリーマザー　湊かなえ
告発前夜　南英男
仕掛け　南英男
獲物　南英男
監禁　南英男
醜聞　南英男
拷問　南英男
黒幕　南英男
掠奪　南英男
反骨魂　南英男

悪報　南英男
謀略　南英男
破滅　南英男
刑事失格　南英男
女殺し屋　南英男
復讐捜査　南英男
毒蜜快楽殺人　決定版　南英男
月と太陽の盤　宮内悠介
博奕のアンソロジー　宮内悠介 リクエスト！
野良女　宮木あや子
婚外恋愛に似たもの　宮木あや子
スコーレNo.4　宮下奈都
神さまたちの遊ぶ庭　宮下奈都
つぼみ　宮下奈都
クロスファイア(上・下)　宮部みゆき
スナーク狩り　宮部みゆき
チヨ子　宮部みゆき

光文社文庫　好評既刊

ぶたぶたのおかわり！　矢崎存美
学校のぶたぶた　矢崎存美
ぶたぶたの甘いもの　矢崎存美
ドクターぶたぶた　矢崎存美
居酒屋ぶたぶた　矢崎存美
海の家のぶたぶた　矢崎存美
ぶたぶたラジオ　矢崎存美
森のシェフぶたぶた　矢崎存美
編集者ぶたぶた　矢崎存美
ぶたぶたのティータイム　矢崎存美
ぶたぶたのシェアハウス　矢崎存美
出張料理人ぶたぶた　矢崎存美
名探偵ぶたぶた　矢崎存美
ランチタイムのぶたぶた　矢崎存美
ぶたぶたのお引っ越し　矢崎存美
未来の手紙　椰月美智子
緑のなかで　椰月美智子

生ける屍の死（上・下）　山口雅也
キッド・ピストルズの最低の帰還　山口雅也
キッド・ピストルズの醜態　山口雅也
平林初之輔　佐左木俊郎　山前　譲編
京都嵯峨野殺人事件　山村美紗
京都不倫旅行殺人事件　山村美紗
店長がいっぱい　山本幸久
永遠の途中　唯川　恵
ヴァニティ　唯川　恵
別れの言葉を私から　新装版　唯川　恵
刹那に似てせつなく　新装版　唯川　恵
バッグをザックに持ち替えて　唯川　恵
プラ・バロック　結城充考
エコイック・メモリ　結城充考
アルゴリズム・キル　結城充考
金田一耕助の帰還　横溝正史
臨場　横山秀夫

光文社文庫最新刊